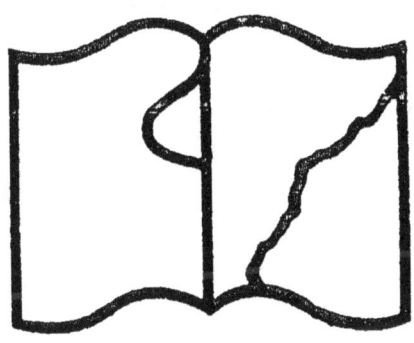

Texte détérioré — reliure défectueuse
NF Z 43-120-11

COUVERTURE INFERIEURE

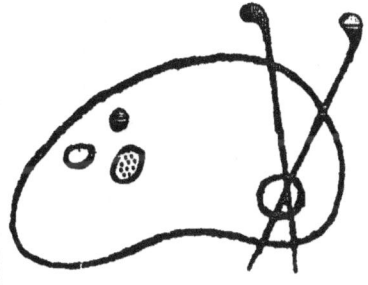

Début d'une série de documents
en couleur

PIERRE LEMONNIER

CEUX DE LA MER

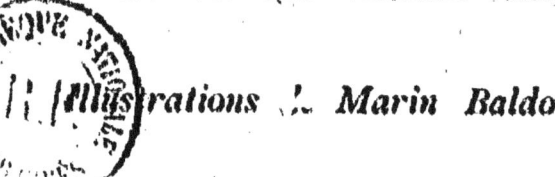

Illustrations .. Marin Baldo

PARIS

ERNEST FLAMMARION, ÉDITEUR

26, RUE RACINE, PRÈS L'ODÉON

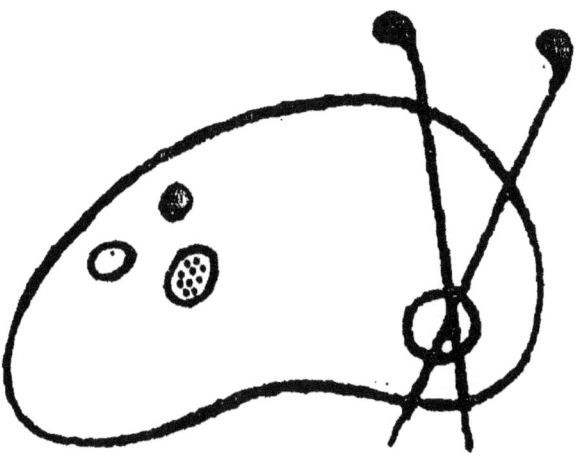

Fin d'une série de documents
en couleur

CEUX DE LA MER

Il a été tiré, de cet ouvrage, 10 exemplaires sur papier des Manufactures impériales du Japon, numérotés et parafés par l'éditeur.

PIERRE LEMONNIER

CEUX DE LA MER

Illustrations de Marin Baldo

PARIS

ERNEST FLAMMARION, ÉDITEUR

26, RUE RACINE, PRÈS L'ODÉON

Cher Monsieur,

Vous me demandez pour « Ceux de la Mer »
une préface. Vraiment, je ne crois pas à l'utilité
de l'écrire. Elle ne servirait qu'à retarder de
quelques instants, pour les lecteurs, le plaisir
de faire connaissance avec les braves héros de
votre livre si plein de vie et de vérité : les
Médéric, les père Le Gall, les Lahurec, les Gombart, les Revert, les Saurin, les Combalusier, etc.

S'il est vrai, comme l'a dit je ne sais quel
auteur très célèbre, qu'une préface est au livre
ce qu'est le vestibule à l'édifice, il faut bien
reconnaître qu'une préface unique serait dif-
ficile à rédiger pour un livre comme le vôtre,
fait de nombreux chapitres indépendants dont

chacun a une composition particulière fort bien
appropriée au sujet.

Ce n'est donc plus un seul vestibule qu'il faudrait pour un édifice comme celui que vous venez
de construire, mais quinze vestibules. Il y aurait
abus. Le lecteur s'y perdrait.

Je ne puis cependant me refuser à vous donner
mon appréciation sur votre livre. La voici, en
toute sincérité.

Je l'ai lu avec infiniment de plaisir. Il a été
pour moi un fidèle évocateur de choses aimées.
A travers vos impressions si vives et si franches,
j'ai bien vu « ceux de la mer » tels qu'ils sont
en réalité, braves et insoucieux, rudes et tendres,
mélancoliques et joyeux; héroïques enfants dont
la vie errante et aventureuse a pour cadre les
deux immensités bleues. Et vous avez éveillé
en moi l'éternel regret de m'être pour toujours
condamné à la prison des villes et d'avoir mis
devant mes yeux, avides aussi de lumière et
d'horizons nouveaux, l'épais bandeau des murailles et des ciels gris et lourds, toujours les
mêmes.

Ah! la tyrannique influence des ascendances!

Qui pourrait s'y soustraire, alors surtout que les ancêtres ont chaluté, par tous les temps, le long des côtes bretonnes, ont rougi la mer du sang des Anglais, ont, comme l'excellent Pierre Revert, taquiné avec tant d'insistance les malheureux gabelous, ont, sur le large dos des houles, promené à travers tous les océans leur humeur vagabonde et leur insatiable curiosité, ont puisé enfin dans leur vie forte et libre assez de vigueur et d'audace pour saler convenablement toute une suite de générations ?.....

En relisant toutes ces histoires tragiques ou joyeuses d'une forme simple et parfois un peu fruste, qui leur donne une couleur de touchante naïveté, je revivais à l'époque déjà lointaine où la bonne grand'mère, enfouie dans le vaste fauteuil, me racontait de sa voix chevrotante, en me regardant doucement de ses yeux usés, des aventures pareilles. Mon âme d'enfant s'en émerveillait. Aujourd'hui, mon âme vieillie en écoute encore avec joie le récit consolant.

Tous mes compliments, cher Monsieur, pour ce livre si ému que vous venez d'écrire à la gloire des humbles héros de la mer. Son principal mérite est la sincérité; on sent que vous l'avez écrit avec tout votre cœur. De là l'émotion qui s'en dégage. C'est le secret de son charme. Ce sera aussi la cause de son succès.

Veuillez agréer, cher Monsieur, mes sentiments les meilleurs.

Armand DAYOT.

L' « ÉTOILE-DES-MERS »

L' « ÉTOILE-DES-MERS »

Dans le ciel gris et terne de novembre voltigent des flocons de neige qui obscurcissent encore l'atmosphère.

La saison de pêche à Terre-Neuve est terminée; la plus grande partie des navires « banquais » (1) est de retour à Granville. Les équipages, désœuvrés maintenant, se promènent par la ville, à laquelle ils donnent un peu d'animation.

Les marins, endimanchés, vont et viennent, s'abordent et s'arrêtent, formant des

_____

(1) Qui font la pêche sur le « banc » de Terre-Neuve.

groupes en quête de nouvelles maritimes.

On attend les derniers navires d'un jour à l'autre ; ils sont encore trois ou quatre de la flottille qui n'en finissent pas de rentrer ; tous du port de Granville.

Parmi ces retardaires se trouve le brick l'*Étoile-des-Mers*.

Le père Le Gall, dont le fils est à bord en qualité de maître d'équipage, s'en va, lui aussi, tous les matins, faire son tour sur le port, grimper sur la jetée, guettant la voile tant désirée.

*
* *

— Eh bien ! père Le Gall, disent les jeunes gens, qui tous le connaissent, rien de nouveau encore ? Il ne va pas tarder, votre fils ?...

Je l'*espère* tous les jours, car ça fait bientôt un mois de traversée ; mais ces diables de *vents d'amont* ne sont pas pour les avancer.

— C'est égal, y a cor pas d' temps d'perdu ; vous inquiétez pas, allez ! y s'ront là pour l'*assemblée* de dimanche.

— Que le bon Dieu vous entende, les
gars !... et le vieux marin, désappointé, re-
monte lentement à la haute ville.

Répondant au regard anxieux de la mère
qui dresse le modeste couvert, il dit :

— Non ! n'y a cor rien
d'nouveau ; les vents sont
contraires, ça pourrait bien
les mener jusqu'à la fin
de la semaine. — Et Jean-
ne, l'as-tu vue ?...

— Oui, elle doit venir
dîner avec nous ; la pau-
vre petite est bien triste,
car elle est rudement in-
quiète. Tiens, la voilà...
sans doute...

On frappe en effet, et la porte s'ouvre
presque en même temps.

— Bonjour, père, bonjour, ma mère... Pas
de nouvelles encore ce matin ? Je n'y tiens
plus ! Mon Dieu ! pourvu qu'il ne leur soit
rien arrivé...

1.

Et la jeune femme, qui porte son enfant sur le bras, après avoir présenté son front aux deux vieux, leur donne le bébé. L'enfant tend les bras; il passe vite des mains du *loup de mer* dans celles de la bonne grand'-maman qui l'étreint fébrilement.

Ils l'aiment bien, leur cher petit; et leur bru donc! Il y a quatre ans que leur Jacques a pris pour femme cette bonne Jeanne, une orpheline, leur voisine, travailleuse infatigable, excellente mère de famille, qui rend leur fils bien heureux.

On se met à table; le repas est silencieux, presque triste; une appréhension vague, indécise, non motivée cependant, pèse sur tous. Chacun cherche à donner aux autres l'assurance que lui-même n'a pas. Seul, le petit, indifférent, jette une note gaie sur cette tristesse non avouée. A chaque instant, comme s'il avait conscience du souci commun, il répète :

— Va *véni*, papa Zacques, il va apporter un beau *dada* à Gilbert, qui a été bien zentil, pas, maman ?

— Oui, mon chéri, on lui dira que tu as
été bien sage...

Et le bébé, radieux, bat des mains pour
témoigner sa joie.

* *
*

Au jour tombant, le père Le Gall est re-
tourné flâner sur les jetées. Il y a du nouveau, cette fois. Des bateaux *chalutiers*, rentrés avec la marée, signalent un navire au
large. On assure que c'est l'*Étoile-des-mers*.
Vu le brouillard, et à cause du reflux, il ne
pourra entrer dans le bassin qu'à la mer
montante, c'est-à-dire au petit jour.

Vite, il court communiquer la bonne nouvelle aux deux femmes. Tout de suite conso-
lée, la mère ne songe plus qu'à ce qu'elle
va préparer pour régaler son grand « fieu »
qu'elle aime tant. Le père aussi est tout
joyeux. Ah! comme on va bien fêter le retour du « gars. »

Plus réservée, mais non moins émue, la

jeune femme, dont le cœur déborde de joie
depuis la nouvelle, prend congé ; elle rentre
chez elle. Bientôt, par ses soins, un feu clair
brille dans la cheminée...

Après mille caresses, l'enfant s'est en-
dormi ; elle, maintenant, songe...

Le voilà donc de retour, son Jacques bien-
aimé ; elle va enfin pouvoir oublier dans ses
bras, sur son cœur, les mortelles heures
d'angoisse de l'absence. Trois mois à passer
ensemble sans interruption ! Comme ils vont
être heureux ! De quelle tendresse ne va-t-
elle pas l'entourer ; comme elle se promet
d'être avec lui plus prévenante, si possible,
plus affectueuse que jamais, afin qu'il oublie
les ennuis de cette longue séparation et
aussi les fatigues matérielles de son existence aventureuse, cette vie du marin, toute
hérissée de dangers, de périls de toutes
sortes. Il est, d'ailleurs, si tendre, si ai-
mant, son grand Jacques. Comme il sait
bien, malgré ses dehors plutôt rudes, câliner
sa petite femme, prévenir ses moindres

désirs; puis il est si éloquent, si persuasif dans ses preuves d'amour.

Et la jeune femme, fermant les yeux au souvenirs des caresses passées, sent un frisson de plaisir parcourir tout son être en pensant aux caresses futures...

Son navire est là!... à l'horizon; lui aussi il est là... tout près... Bientôt, demain! elle va le revoir; comme c'est long, demain!!

En attendant, il faut tout préparer pour que rien ne vienne troubler leurs premières effusions; ses yeux se portent sur le grand lit de noces, témoin de leurs premières étreintes... elle ne le défera pas cette nuit, oh non! C'est avec soin qu'elle le redresse, le borde avec amour; elle occupera, pour ces quelques heures, le lit de fer que, de son vivant, sa mère à elle, occupait dans la pièce voisine. Puis elle passe en revue son petit intérieur : Les bibelots, presque tous des souvenirs, rapportés de campagnes lointaines, auxquels Jacques tient tant, sont-ils bien rangés en place? et le petit *brick*,

merveille de patience, qu'il gréa l'hiver dernier, est-il bien épousseté? Il faut songer
aussi aux divers ustensiles dont se servira
son homme pour ses ablutions; là, sur une
chaise, bien pliés, ses effets de rechange!
c'est par là qu'il commence. Dam! le métier
n'est pas toujours propre : à la mer, pendant
la traversee, on n'a guère le temps de
soigner sa toilette; une fois à terre, par
exemple, on se rattrape... Là!... c'est fini!
La jeune femme embrasse une derniére fois
son petit Gilbert, qui dort paisiblement,
s'étend enfin sur sa couche pour y prendre
un peu de repos. Il est tard : minuit passé.
Tant mieux, songe-t-elle, quelques heures
seulement la séparent encore de l'instant
si désiré; elle tressaille à cette pensée que,
le soir, tantôt, il sera là, à côté d'elle...
Enfin ses yeux se ferment...

*
* *

Il est d'usage dans nos pays du littoral de

l'Ouest, usage invétéré, qu'aucune femme de marin n'aille sur le quai attendre son homme. Les mères, les sœurs s'abstiennent également.

Le père Le Gall descend donc seul, au matin brumeux, pour se rendre au devant de son fils ; la joie illumine son visage bronzé.

Dans une dernière bordée qu'il court pour atteindre la passe, on aperçoit le bâtiment.

— Ah ! c'est vous, père Le Gall ? Le voilà enfin, votre gars ? Ils ont bonne pêche, hein ?

— On le dit ; tant mieux ! Ils ont eu de la misère après tout... C'est bien leur tour de se reposer...

Et le brave homme, tout guilleret, arpente le quai d'un pas léger. L'*Étoile-des-Mers*, le pilote à bord, est maintenant dans le chenal ; elle entre dans le port. Tous les yeux sont braqués sur le navire. Soudain, les visages, tout à l'heure rayonnants, expriment une angoisse indicible. La cause de ce revirement ? « Le pavillon est en berne », prononcent enfin quelques-uns... Grand Dieu ! qu'est-il arrivé ? Et la foule des assistants se

regarde anxieuse. Le moment est solennel :
personne, sauf le pilote, qui est resté à bord,
n'a encore communiqué avec les arrivants;
cependant chacun est secoué d'un frisson de
terreur. Il n'y a pas à s'y tromper : ce morceau d'étoffe, qui flotte à mi-mât, signifie
bien qu'il manque un, plusieurs hommes
peut-être à l'appel. Quel est celui-là ? Quels
sont les infortunés qui ne reverront plus les
leurs ? Mystère quant à présent. Dans cette
vie de dangers ininterrompus, la chance de
périr est presque égale pour tous. La mer,
impartiale dans ses fureurs, ne choisit pas;
elle prend aussi bien le mousse que le capitaine : souvent, l'un et l'autre sont ses
victimes.

Renonçant à affronter le premier choc, les
moins courageux rebroussent chemin, pensant qu'il sera toujours assez tôt d'apprendre
un malheur. Confiant, lui, le père s'avance
l'un des premiers sur le quai, bordant
l'écluse, dans laquelle le navire vient de
s'engager, pour aller ensuite s'amarrer dans

le bassin. Puis les curieux, les parents, se pressent, fouillent du regard le pont et les panneaux ouverts de l'*Étoile-des-Mers*.

Rassurés, ceux qui ont reconnu les leurs suivent leurs mouvements, mais sans les interroger. A peine, de temps à autre, échange-t-on, à la dérobée, un signe d'intelligence. Ces gens rudes, à peine dégrossis, peu rompus aux usages, devinent, sentent, qu'une expansion bruyante, une explosion de gaieté, seraient déplacées, rendraient plus amère la souffrance de ceux qui sont là, dans l'ignorance, attendant en vain. De part et d'autre, comme d'un accord tacite, pas de questions, pas de réponses.

... Le Gall cherche son fils ; c'est à peine s'il est surpris de ne pas l'avoir vu encore. Il connaît le métier, lui ; il sait bien que, dans un atterrissage, le maître d'équipage doit être partout à la fois, et il scrute du regard la mâture, l'avant et l'arrière du bâtiment. Enfin il interpelle un des marins occupé à *lover une drisse*.

— Eh! Julien, où est donc Jacques?

L'interpellé, qui a levé la tête, ne peut réprimer un mouvement de recul. Comme hébété, tout pâle, il balbutie :

— Il est... il est... là-bas! et son geste vague désigne l'horizon.

Le père, tout à son idée, comprend qu'il lui indique une autre partie du navire ; il y court tout ému ; mais, là non plus, pas de Jacques !....

L'inquiétude le gagne, cette fois.

— Dites donc, garçons, interroge-t-il d'une voix mal assurée, où donc est le maître?

Les marins, auxquels il s'adresse, affectent d'être occupés, ne répondent pas.

Une angoisse lui étreint le cœur. Ce pavillon en berne, ce drapeau de deuil, si c'était pour lui, pour son *gars?*... Malheur!... Mais il va en avoir le cœur net ; voici le capitaine qui débarque. Il a sous le bras, dans un grand portefeuille, ses papiers de bord, qu'il porte au bureau de la Marine. Il est tout jeune, ce capitaine ; Le Gall le

connaît, l'a vu tout enfant; il court après
lui.

— Cap'taine! cap'taine!... celui-ci n'en
marche que plus vite...

— Denis! Denis! crie-t-il : Pour l'amour
de Dieu, réponds-moi ?

A cette supplication dernière, le capitaine
s'arrête. Il est pâle, très ému. Le moment
fatal, critique, qu'il redoute tant, est arrivé;
il ne peut l'éviter. A la vue du vieux marin
dont les traits crispés témoignent la souffrance, ses yeux se mouillent de larmes.

— Rassure-moi donc, mon petit Denis,
répète celui-ci; Jacques? où est-il? Ce n'est
pas lui qui... qui manque... Puis, remar-
quant le visage convulsé du capitaine, il
comprend enfin... son énergie l'abandonne,
il chancelle, murmurant :

— Ce n'est pas lui, c'est impossible...

Le jeune homme le soutient.

— Mon pauvre Le Gall!... Sans pouvoir
en dire davantage, il embrasse le vieux en
sanglotant.

On les entoure.

— Ainsi, c'est bien vrai ! nous ne le reverrons plus, mon pauvre Jacques. Ah ! Dieu cruel ! que vous avons-nous donc fait ? Ce n'est pas juste ! On n'enlève pas ainsi un fils à son père, à sa mère... un père à son enfant...

La révolte ne dure qu'un éclair, la prostration succède ; il s'affaisse terrassé...

— Emmenez-le, dit le capitaine aux témoins de cette scène ; je cours au bureau déposer mon rapport de mer ; je vous rejoins chez lui, à la haute ville.

Là-bas, à la fenêtre, la vieille mère et la jeune femme, son enfant tout propret sur les bras, attendent anxieuses... Dieu ! comme cela leur semble long ; d'ordinaire, Jacques ne tarde pas tant. Bah ! avec le père, ils se seront arrêtés quelque part... ils vont arriver... Ah ! les voilà !... Mais non !... mais si...

le père y est ; qu'est-ce que cela veut dire ?
Il est seul ; du moins son fils n'est pas parmi

Denis! Denis! crie-t-il : Pour l'amour de Dieu,
réponds-moi?

ceux qui l'entourent. Comme ils ont l'air
grave, ces hommes! le père est tout pâle...

2.

Les deux femmes pressentant un malheur, se jettent à genoux... on monte l'escalier...

Le père entre en titubant; il va s'affaler sur une chaise, la tête basse..; son mutisme est effrayant.

— Parle, François, dit sa femme, qu'y a-t-il?

— Rien !...

— Mais parlez donc, mon père, vous voulez donc nous tuer?...

Le petit, lui, est allé se glisser entre les jambes du grand'père; celui-ci, contre sa coutume, et au grand étonnement du bébé, reste insensible à ses caresses.

Enfin, saisissant dans ses deux mains calleuses, la tête blonde de l'enfant, il sanglote en la baisant.

— Tu n'as plus de père, mon pauvre petit! gémit-il.

— Qu'avez-vous dit?... Jacques?... Ah! Seigneur! mon homme est perdu! crie la jeune femme affolée. L'émotion est trop forte, vainement elle cherche un point d'appui, ses yeux se voilent...

A ce moment précis, le capitaine de l'*Étoile-des-Mers* pénètre dans l'appartement; il se précipite vers la jeune femme qu'il reçoit

dans ses bras; il la soutient, la place dans un fauteuil. Une voisine, entrée à sa suite, court chercher un flacon d'éther; en attendant, on lui frotte les tempes avec du vinaigre... Au bout d'un moment, l'éther aidant, Jeanne reprend connaissance. Interdit, le jeune officier se demande comment il pourra remplir jusqu'au bout son devoir. Les gens de mer d'ordinaire ne sont pas éloquents ; le désespoir de tout ce monde augmente son trouble, lui coupe littéralement la parole.

La première, la pauvre mère se décide à rompre ce pénible et douloureux silence.

— Ainsi, c'est bien vrai, puisque vous voilà ici, il n'y a plus d'espoir? murmure-t-elle, les yeux noyés de larmes. Que s'est-il passé?

— Ma mission est terrible, prononce enfin le jeune capitaine, cependant il faut que je m'en acquitte. Hélas! oui, ma bonne mère, votre fils n'est plus. Le malheur est arrivé il y a trois jours. Il ventait bonne brise, la mer était grosse, pas encore mauvaise ; je venais de donner l'ordre de prendre des *ris*. L'*écoute* de *grand'voile* ayant cassé, Jacques, toujours dévoué, se précipita sur la *lisse* ; se retenant d'une main aux *haubans*, il essaya, un bout de *filin* de l'autre, de capter la poulie d'*em-*

pointure. Malgré les coups de roulis violents et répétés, il allait réussir enfin à ramener la voile qui battait, quand une lame plus forte que les autres, monstrueuse et inattendue, vint déferler sur le navire qui s'abattit brus-quement...

La trombe passée, l'*Étoile* se releva, mais le *maître* avait disparu. On coupa la *bouée* d'arrière ; j'en fis jeter plusieurs autres. Puis on mit à la *cape*, on *vira* de bord. Trois heures durant nous *louvoyâmes*, sondant les flots ; on sonna la cloche, je fis mettre en œuvre le *braillard* (1), tout fut inutile... Rien, pas un signe, pas un indice... Le cœur brisé, à la nuit tombante, je commandai de reprendre la route...

— Bonne sainte Vierge ! mon pauvre en-fant ! articula la mère.

— ... Mon cher petit ! sanglota la jeune femme, enserrant l'enfant dans ses bras, fiévreusement.

(1) Instrument que son nom explique ; on l'emploie en temps de brume.

— Les consolations, en ce moment, seraient bien inutiles, termina le capitaine...
je ne puis que pleurer avec vous le brave
camarade perdu, le meilleur marin de mon
équipage. Je vous quitte, dit-il, mais je ne
vous abandonnerai pas, ma pauvre Jeanne,
ce petit, j'en aurai soin, je m'en occuperai,
je vous le promets... A bientôt.

*\
* *

Quinze ans se sont écoulés.

Lors de mon dernier voyage à Granville,
je remarquai, dans la grève du sud, un
navire échoué à sec, dégréé, démâté. En
approchant je reconnus l'*Étoile-des-Mers*.

La fin dramatique de maître Jacques, que
j'avais connu, me revint en mémoire. Puis,
ce bateau que je retrouvais là, inerte,
n'était-ce pas étrange et bien rare dans les
annales maritimes, que son existence...

Construit et lancé quelque cinquante ans
auparavant, à l'endroit même où il gisait

désemparé, il revenait, après bien des aventures, mourir en cet endroit qui l'avait vu naître.

Une brave femme qui faisait sécher, étendu sur le sable, du linge qu'elle lestait de gros galets, me donna ces détails.

Les gamins avaient envahi le pont et jouaient, marins en herbe, à la manœuvre comme s'ils eussent été au large.

La vue de cette carène, qui avait tant de fois sillonné les mers, résisté à de terribles ouragans, que, à marée haute, la vague venait encore lécher en une dernière caresse de vieille amie, laquelle faisait frémir le vieux bateau et se soulever parfois, comme en des velléités de redressement, me rendait tout rêveur... Je m'attardais en cette contemplation. Soudain, quelqu'un me frappa sur le bras :

— C'est-il bientôt qu'on va le démolir ? me demanda un vieillard, cheveux et barbe blancs.

Interloqué, je cherchais une réponse,

quand la même femme qui m'avait renseigné tout à l'heure à propos du navire, s'approcha :

— C'est le père Le Gall, me dit-elle, celui dont le fils et le petit-fils ont péri à bord...

— Comment! m'écriai-je, le petit-fils aussi?

— Vous savez donc l'histoire de maître Jacques?

— Oui, mais j'ignorais...

— Le dénouement?... Le voici :

— Eh ben! la Jeanne, la femme de Jacques, ne put jamais se consoler de la perte de son homme; elle mourut dans l'année qui suivit, laissant son petit garçon aux soins des vieux.

Le capitaine de l'*Étoile-des-Mers* contribua à faire élever l'enfant, qui s'appelait Gilbert ; il lui fit même donner de l'instruction. Tout ce que firent ses grands-parents pour le détourner du métier fut inutile. Malgré leurs supplications et leurs larmes, il voulut, lui aussi, être marin. Qu'est-ce que vous voulez?

Puis, en un geste de menace . Mais... chut!.. on va le démolir, ce bateau maudi!

c'était sa destinée... Il s'embarqua avec le capitaine Denis. C'était un rude et beau gars, allez! Eh bien, Monsieur, dans la dernière campagne que faisait le navire, le malheureux, qui avait alors dix-neuf ans, tomba, dans une manœuvre, de la mâture sur le pont, où il se brisa le crâne. On jeta le corps à la mer... et la vieille *Étoile*, après avoir jadis mis son pavillon en *berne* pour le père, le hissa encore une fois pour le fils. Le pauvre père Le Gall ne put surmonter cette nouvelle épreuve, il devint fou!

— Vous voyez : depuis que l'*Étoile-des-Mers* est échouée ici, il ne cesse une journée de venir rôder autour, convaincu que ses deux enfants vont en débarquer d'un moment à l'autre.

Le vieux, qui avait prêté l'oreille aux derniers mots de ce récit, s'approcha tout à fait et me dit à mi-voix :

— Elle vous a encore raconté que j'étais fou, je parie? Ils le croient tous, mais, moi, je sais bien ce que je dis. Jacques, mon

grand, il est au large, là-bas! là-bas! Mais
Gilbert, monsieur, ce cher petiot, c'est lui
que j'attends, que je viens chercher. Vous
comprenez, en tombant de si haut, du *perro-
quet*, il a dû faire un trou, et il est enserré
là, dans le faux-pont... Puis, en un geste
de menace : « Mais... chut!... on va le démolir, ce bateau... maudit, est-ce pas, donc?
et alors, n'y aura plus moyen, faudra bien
qu'il me le rende, mon cher petit. »

*
* *

NOTE DE L'AUTEUR. — Le marteau du démolisseur ne
devait pas profaner l'*Étoile-des-Mers*, qui restera légendaire
à Granville.

Extrait du journal *le Granvillais* du 7 mars 1896 :

(Postérieur à ce récit.)

L' « ÉTOILE-DES-MERS »

« Il était écrit que le brick l'*Étoile-des-Mers*, qui fut
pendant quarante ans battu par les flots de l'Océan, devait
finir enfin sous leurs rudes assauts.

« La marée du 3 mars nous a débarrassé de cette carcasse
disgracieuse qui finissait par devenir encombrante. Les

lessivières et les sécheuses de morue n'en seront pas
fâchées. Il n'en sera pas de même des nombreux enfants
qui, chaque jour, prenaient possession de cette épave et
jouaient, le plus sérieusement du monde, aux corsaires,
abordant, coulant l'ennemi (les Anglais, naturellement)
avec une bravoure héroïque.

« Rappelons pour mémoire que l'*Étoile-des-Mers* avait
été construite en 1850, à l'endroit même où elle s'est effon-
drée sous la puissance des vagues. »

P. L.

LE YACHT " MI-CARÊME "

LE YACHT " MI-CARÊME " [1]

En février et mars, se forme, à Granville, la flottille des bateaux qui s'en vont pêcher la morue vers les lointaines régions de Saint-Pierre et de Terre-Neuve. C'est la saison où la population maritime est la plus dense dans le pays, et la mi-carême, qui tombe à la fin de la période des préparatifs d'appareillage, est toujours joyeusement célébrée; les équipages ont touché leurs *avances* et saisissent l'occasion de s'amuser, une fois encore, avant de partir affronter les périls sans nombre d'une campagne de neuf mois.

[1] Cette nouvelle a été écrite en collaboration avec M. Martial Moulin, et les journaux ne pourront la reproduire que signée des deux noms : Martial Moulin et Pierre Lemonnier.

* *
*

Cette année-là, on eut dit que la fête avait plus d'éclat encore que de coutume; la ville entière y avait pris part. Pendant tout le jour on avait banqueté. La nuit venue, les rues illuminées s'emplirent de promeneurs; sur divers points l'on avait organisé des bals masqués et les orchestres faisaient rage.

De tous les bals, le plus animé était celui des Sauveteurs, salle de l'*Ancre-d'Argent*, au bout du port.

Disons en passant que l'armement du canot de sauvetage granvillais, se compose de deux équipes comprenant chacune un patron, un brigadier et seize rameurs, lesquels sont alternativement de service durant un mois. En cas d'armement inopiné, il arrive que les rameurs de la bordée de service ne sont pas tous présents; on complète alors avec les hommes disponibles de l'autre bordée, et jamais nul ne se fit prier pour accomplir ce service supplémentaire.

Donc, le bal de l'*Ancre-d'Argent* était absolument réussi, les sauveteurs avaient bien fait les choses ; tous étaient masqués ou travestis.

Dans la salle très vaste et cependant bondée, parmi les jolies pierrettes, marquises et bayadères qui formaient la majorité de l'élément féminin, circulaient des êtres étranges, de toutes formes et de toutes nuances : Le Goffic, le brigadier, s'était déguisé en clown, Tardivel en marquis, Longpré en sacristain, Combalusier en ours, Nédelec en polichinelle, Guibourdanche en mère nourrice, Madec en débardeur, Richomme en orang-outang, Le Villard en mousquetaire, Cornevin en sultan, Sébastien en faune, Bollendal en hareng saur, Louvel en diable boiteux. Le grand Saurin, lui, le patron et le président de la fête, s'était mis en roi sauvage : dans son maillot couleur brique, sous sa coiffure aux plumes multicolores avec sa face barbouillée d'ocre et l'anneau d'or passé dans ses narines, il était à la fois effrayant et superbe. D'autres étaient en arlequins, en dominos, en Chinois.

Et tous ces braves gens, aussi ardents au plaisir qu'intrépides et résolus devant le danger, s'en donnaient à cœur joie : par douzaines les pichets de cidre se vidaient, les danses succédaient aux danses ; de groupe à groupe l'on échangeait des lazzis, de gais propos ; parfois la voix des danseurs et les rires aigus des danseuses formaient un tel bacchanal, que l'on ne percevait plus les notes de la musique.

Et tandis que, dans cette salle, la joyeuse fête battait son plein, au dehors, tout à côté, la grande bleue faisait des siennes : la marée montait ; le vent s'était levé, soufflait furieusement vers la terre ; bientôt de longues lames vinrent déferler avec fracas sur les deux jetées ; les bassins s'emplirent outre mesure, débordèrent sur les quais, pendant que les bateaux des pêcheurs s'entre-choquaient, menaçant de rompre leurs doubles amarres.

*
* *

Soudain, dans le vacarme du vent et des
flots, l'on entendit, venant du large, un bruit
sourd, prolongé, qui pénétra jusque dans le
bal, et, aussitôt, rires et danses cessèrent.
L'oreille exercée des sauveteurs ne pouvait
s'y tromper : c'était le canon, un coup de
canon de détresse!

Qui donc pouvait se trouver en mer par un
temps pareil! Le sémaphore n'avait signalé
aucun navire en vue. Qu'est-ce que cela pouvait être!

« Je vais voir », dit le grand Saurin, et,
jetant un caban sur ses épaules, il sortit
précipitamment.

La musique ne jouait plus. Des groupes
s'étaient formés dans la salle; chacun émet-
tait son avis; l'on se perdait en conjectures.

Saurin tardant à rentrer, quelqu'un insinua
que l'on avait pu se tromper, que probablement il n'y avait rien du tout et que l'on

ferait bien de reprendre le quadrille; mais le bruit d'un second coup de canon, beaucoup plus net et plus rapproché que le premier, vint clore toutes les bouches. Dans le même moment, rentra Saurin; les plumes de sa coiffure, toutes trempées, tombaient piteusement sur ses tempes; son maquillage déteint par places lui faisait un masque hideux.

— Stop à la fête! cria-t-il. Un navire en détresse. Là, à cinq cents mètres, par le travers du Trou-du-Diable. Il coule bas. Hardi, garçons, pas un instant à perdre, ou nous arriverons trop tard!

— Hop! les babordais au canot!

L'équipage se formait sur deux rangs. Les femmes voulurent faire observer que l'on ne pouvait sortir ainsi en mer, qu'il fallait au moins aller mettre d'autres vêtements...

— La paix! vous autres!... interrompit Saurin; puis s'adressant aux hommes :

— Ne les écoutez pas. Qu'importe le costume! ceux qui périssent là-bas n'ont pas le temps de nous attendre. En avant!

Au bout de cinq minutes, le canot de sauvetage descendait
à toute vitesse.

Et il prit sa course, suivi de tous.

Au bout de cinq minutes, le canot de sauvetage, toujours gréé, avec les hommes embarqués déjà, qui bouclaient leurs ceintures de liège, descendait à toute vitesse sur son chariot roulant, la pente de la Cale qui mène au Grand-Bassin. Deux secondes après, il était à flot :

— Pousse! avant partout! cria le patron Saurin.

Sous l'effort des seize rameurs, l'embarcation fila comme une flèche. Bientôt, elle eut doublé la jetée, se trouva aux prises avec les lames gigantesques du large.

* * *

C'était un sublime spectacle, que ces hommes aux burlesques accoutrements, luttant, dans la nuit noire, sur leur coquille de noix, contre la mer démontée : pierrots et arlequins, sauvages et débardeurs, dominos et mousquetaires qui, tout à l'heure, faisaient

les fous, ne songeaient qu'à la rigolade,
graves, maintenant, n'avait plus qu'un désir
en tête : faire leur devoir de sauveteurs;
plus qu'une crainte, celle de ne pouvoir arriver à temps.

Naïvement ils risquaient leur vie, comme
si c'était chose toute naturelle; et cela, pour
porter secours à des gens qui sûrement
n'étaient point leurs proches, dont ils igno-
raient même la nationalité. Courbés sur les
avirons, ils ramaient avec furie, ne sentaient
ni la bise, ni les embruns glacés, qui leur
fouettaient la face et transperçaient leurs
oripeaux.

* * *

Au bout de trois quarts d'heure d'efforts
surhumains on arriva au navire. Autant
qu'on pouvait en juger à travers les ténèbres,
c'était un grand yacht de plaisance à vapeur,
de construction anglaise : désemparé, les
bastingages crevés, les roufles emportés, les
feux éteints, les mâts rompus, il ne manœu-

vrait plus et, couché sur tribord, s'en allait
à la dérive vers cette côte abrupte, hérissée
d'écueils, où sont venues s'anéantir tant
d'existences humaines.

— *Souque* un dernier coup, garçons, nous
le tenons! dit Saurin crispé à sa barre.

Puis s'adressant à Le Goffic, qui se tenait
accroupi sur l'avant :

— Brigadier veille à l'amarre!... Vois-tu
quelqu'un ?

— Non, patron, pas une âme!

Les sauveteurs poussèrent un cri d'appel.
Rien ne répondit.

— Pourvu que nous n'arrivions pas trop
tard, prononça Le Goffic, tout en lançant vers
le navire un bout de grelin qui, comme un
lazzo, s'enroula en sifflant aux agrès déchi-
quetés.

— Ça y est! l'amarre est *engagée*, dit Saurin. — *Embraque le mou!* — Rentrez les
avirons. — Quatre seulement, deux à bâbord
devant, deux à tribord derrière, pour nous
maintenir.

Le canot touchait à l'épave, menaçait à chaque seconde de s'y briser.

— Leste à bord, les enfants, reprit le patron. Fouillez partout, faites vite, ouvrez l'œil !

Profitant d'un mouvement de roulis il sauta à son tour.

Le pont était désert. Dans le poste de l'équipage, personne ! On commençait à désespérer, lorsque Le Goffic, qui s'était tout d'abord dirigé vers l'arrière, remonta en criant : « Par ici ! »

Ses compagnons se précipitèrent, descendirent avec lui.

Sur la couchette de la cabine, gisait un homme évanoui, le crâne ouvert, et une jeune dame également évanouie, morte peut-être, Devant le cadre se tenait debout, près de deux enfants blonds, petit garçon et petite fille, une femme grande, osseuse, le type complet de la gouvernante anglaise.

A la vue des sauveteurs en costume de mascarade, la malheureuse se crut au pouvoir

4.

d'une légion de diables et poussa des cris perçants, pendant que les petits se cramponnaient à ses jupes.

On essaya de lui donner des explications; mais la pauvre femme affolée ne comprenait pas un mot de français, criait de plus belle.

* *
*

— Pas une minute à perdre! commanda Saurin. Deux hommes pour chacun de ceux-ci; deux pour les mioches! — Une dernière ronde, pour s'assurer qu'il ne reste personne à bord.

Le blessé fut enlevé, déposé avec des précautions infinies dans le canot. Puis, vint le tour de la dame : un instant elle ouvrit les yeux, mais les referma presque aussitôt, se voyant aux bras d'un orang-outang et d'un Chinois. Les enfants furent roulés dans des couvertures, sous les bancs.

— Allons! la petite mère, disait Saurin, qui

s'était réservé la gouvernante, pas tant de jérémiades! on ne vous mangera pas.

Ses compagnons se précipitèrent, descendirent avec lui.

Malgré sa résistance et ses cris, il la prit à bras le corps, la poussa de force dans le canot, y sauta derrière elle.

Il était temps : sous les paquets de mer répétés, le yacht s'emplissait d'eau, commençait à piquer du nez.

— Larguez partout! — Pousse vite! — Du nerf, Le Goffic!

S'arc-boutant sur sa gaffe, le brigadier éloigna l'embarcation de plusieurs mètres.

— Avant partout! hurla Saurin.

Et les rudes gars se courbèrent de nouveau sur leurs avirons.

*
* *

Après une demi-heure de nage, la masse sombre du phare se profila aux yeux des sauveteurs. Ils avaient vent arrière; la vague, toujours forte leur faisait faire du chemin, les poussant même un peu trop vite vers l'embouchure de l'étroit goulet. La foule massée sur l'estacade, les avait vus revenir et les saluait de ses bravos. Un instant il sembla que le canot allait buter contre le bas du môle; un cri d'angoisse s'échappa de toutes les poi-

trines ; mais un vigoureux coup de barre le
redressa. Une dernière lame l'enleva sur sa
crête, le jeta définitivement dans le bassin.

Une dernière lame l'enleva sur sa crête, le jeta définitivement
dans le bassin.

Cinq minutes après, il accostait.

*
* *

Passés de main en main, les naufragés fu-

rent aussitôt transportés au poste de secours,
sur l'avant-port. Saurin dut encore user de
violence pour débarquer l'irascible miss, qui
ne pouvait se résoudre à confier sa personne
au grand « sauvage » demi-nu et poussait de
lamentables *shocking*.

Des soins énergiques ranimèrent le couple
évanoui : la femme était sur pied après un
quart d'heure de frictions. Pour l'homme, qui
avait perdu quantité de sang, la chose fut
plus longue; enfin, il ouvrit les yeux et versa
des larmes de bonheur en se voyant hors de
danger, au milieu de tous les siens. Le costume de ses sauveteurs l'interloquait; on lui
expliqua la chose. Aussitôt qu'il fut un peu remis, il donna son nom et narra son aventure :

L'homme que l'on venait de sauver était
lord Walton, le milliardaire américain.

Il se rendait du Havre à Jersey, ayant à bord
sa famille et un équipage de neuf hommes.
Après une assez mauvaise traversée, il touchait au terme de son voyage, quand la
tempête, se déchaînant tout à fait, l'avait jeté

vers les parages les plus dangereux de la côte
normande. La catastrophe n'avait pas tardé à
se produire. Une lame, noyant les chaudières,
lui avait enlevé cinq de ses hommes. Il avait
commandé, alors, de tirer le canon pour
donner l'alarme; mais, au troisième coup,
une seconde lame avait balayé les servants;
c'est-à-dire le reste de son équipage; lui-
même, amarré sur le pont, avait, dans la
secousse, reçu en plein front, un débris de
vergue qui l'avait assommé à moitié. A grand'-
peine il avait pu se débarrasser de ses liens
et se traîner à la cabine afin de mourir en
compagnie des siens.

*
* *

Lorsque la mer fut calme, l'on essaya,
vainement, de renflouer le yacht. Le joli
navire était perdu à jamais, ce qui, d'ailleurs,
affecta peu son propriétaire.

Le lord dota richement la Société des sauveteurs. A chacun des matelots ayant pris

part à l'expédition qui l'avait tiré de la mort, il offrit un solide bateau, portant le nom du personnage que représentait ledit matelot, pendant cette nuit mémorable du bal masqué. Cela explique les dénominations baroques qui figurent dans l'escadrille granvillaise et font rire les étrangers : le *Pierrot*, le *Débardeur*, le *Roi sauvage*, le *Hareng saur*, l'*Orang-outang*, etc. Lui-même se fit construire un nouveau yacht, qu'il baptisa *Mi-Carême*.

Tous les ans, depuis, au moment de la fête, le yacht *Mi-Carême* fait son entrée dans le port. C'est la famille américaine qui vient rendre visite à ses amis.

Lord Walton et sa compagne ouvrent eux-mêmes le bal de l'*Ancre-d'Argent*, encore plus brillant que par le passé. Les enfants, maintenant grandis, distribuent à tous des poignées de main. La gouvernante s'apprivoise ; elle n'a pu se décider encore à danser ; mais les masques ne l'épouvantent plus ; elle suit d'un œil indulgent les ébats chorégraphiques du patron Saurin et de ses canotiers.

UN SIMPLE

UN SIMPLE [1]

Dès le début de la campagne, nous avions été à même d'apprécier sa force musculaire; il nous en avait donné des preuves à l'armement de la *Magicienne*, pendant les quinze jours passés en continuels voyages, des magasins au navire, pour approvisionner celui-ci de tout son matériel. Cela le contrariait de voir employer des équipes entières à charger sur des camions, puis à les en décharger, les pièces lourdes; il trouvait plus simple et plus expéditif de les transporter à lui seul sur son dos : les mâts et poulies de rechange, les affûts des petits

[1] Cette nouvelle a été écrite en collaboration avec M. Martial Moulin, et les journaux ne pourront la reproduire qu'signée des deux noms : Martial Moulin et Pierre Lemonnier

canons, les paquets de chaînes et d'ancres pour les canots, les canons-revolvers, tout lui était passé par les mains. C'était en souriant qu'il déposait ces objets sur le pont. Il lui arrivait de se promener tranquillement, sans quitter sa chique, avec, sur son épaule, des fragments de torpille pesant 200 kilogrammes.

Il avait nom Kintel, mais le plus souvent on l'appelait Cabestan, surnom honorifique qu'il avait conquis à notre départ, voici dans quelle circonstance :

Après les essais, la *Magicienne*, abandonnant son corps mort, était allée mouiller en rade.

Au jour dit, les étuis de chauffe placés, les tangons rentrés, les embarcations hissées, on entendit le commandement :

— Chacun à son poste pour l'appareillage ! A virer l'ancre !

— Au cabestan !

Une trentaine d'hommes se mirent à virer en cadence, animés par les clairons du bord sonnant la charge; mais, au bout de quelques tours, la bordée éprouva de la résistance; les coups de sifflet des seconds-maîtres et les notes de « la goutte à boire là-haut » résonnèrent en pure perte, la masse de fer restait collée au fond.

Kintel, pour l'instant occupé à une autre manœuvre, voyant l'embarras des hommes et l'impatience de l'officier de quart, vint se joindre aux vireurs. S'arc-boutant sur ses jarrets, il brisa successivement trois barres, la quatrième résista; le treuil fit en gémissant un demi-tour sur son axe; puis le mouvement reprit, l'ancre vint à pic; l'instant d'après elle était hors de l'eau, amarrée, et séance tenante, à l'unanimité, Kintel recevait son glorieux surnom.

* *
*

Stupéfiés par cette extraordinaire rigidité de muscles, nous avions éprouvé pour le nouveau venu un sentiment d'admiration

mêlé de sympathie; au bout de quelques
jours de cohabitation, l'homme s'était entièrement révélé à nous, nous avait fourni
l'occasion de constater en lui un exemple
nouveau de l'éternelle loi des contrastes : ce
géant, capable d'assommer un bœuf d'un
coup de poing, était doux et timide comme
un agneau, naïf et crédule comme un
moussaillon.

Inscrit maritime, on l'avait placé gabier
supplémentaire au grand mât. Dans ce poste,
il ne tarda pas à gagner la considération de
ses collègues, même celle des gabiers de
combat, sans exercer cependant un ascen-
dant réel sur son entourage ; il va sans dire
que les loustics, encouragés par sa mansué-
tude excessive, ne lui ménageaient point les
quolibets auxquels, d'ailleurs, il dédaignait
de répondre ; tel, le dogue râblé entend sans
y prendre garde les jappements lointains
des roquets.

Au cours de la campagne, Kintel ou plutôt
Cabestan fut un précieux auxiliaire, rendit

des services dans maintes occasions ; ainsi, aux exercices des canots armés en guerre, au moment du débarquement, pendant qu'on établissait les passerelles volantes reliant les embarcations au rivage, il des-

cendait dans l'eau jusqu'aux cuisses, prenait sous chaque bras un de nos petits canons de quatre et portait cela comme deux parapluies ; chaque canon pesait cependant 101 kilogrammes ; un jour, en plus de ses deux flûtes, comme il les appelait, il transporta en même temps à terre le maître qui com-

mandait le canot major, un gros papa pourtant, qui ne devait pas être léger.

Et, devant l'effarement général, Cabestan
riait d'un bon rire; il ne maugréait jamais,
quand, à dessein, on éloignait les affûts afin
de pouvoir le contempler plus longtemps
trimbalant ses ustensiles.

***

Dans une de nos allées et venues inces-
santes entre les deux Amériques, la frégate
remontant le Saint-Laurent vint mouiller
devant Québec.

Nous reçûmes des Canadiens l'accueil le
plus sympathique : pendant huit jours, du
matin au soir, ce fut un continuel va-et-
vient de visiteurs sur notre bord; tous les
quarts d'heure, des canots, chargés à couler
bas, nous en amenaient de nouvelles four-
nées. Nous ne pouvions pas mettre le pied
en ville sans être aussitôt entourés par les
habitants; c'était à qui emmènerait chez lui

un mathurin pour l'héberger, et l'on agissait de même à l'égard de nos officiers ; c'était à ne plus savoir où donner de la tête.

Quand on nous eut bien fêtés à Québec, une délégation de notables de Montréal vint prier nos chefs de vouloir bien aller passer une journée dans cette ville. L'invitation fut acceptée et au corps d'officiers l'on adjoignit un certain nombre de seconds maîtres et de marins.

J'eus l'honneur de faire partie de l'expédition. Cabestan, lui aussi, en était, ne comprenant pas au juste de quoi il s'agissait, mais en somme très satisfait : « Il y aura bien toujours quelque chose à porter par là-bas, » disait-il.

Cette fois, à son grand regret, il n'y eut rien.

*
* *

Un train spécial nous conduisit à destination.

Une véritable ovation nous attendait à

notre sortie de la gare : les rues étaient pa-
voisées, les musiques jouaient, la population
en habits de fête se pressait sur notre passage et nous faisait escorte; plus peut-être
encore qu'à Québec on voulait nous acca-
parer; Kintel, dont la haute taille dominait
tout, n'était pas le moins recherché.

Envahis par la foule, entraînés par elle
dans toutes les directions, pendant quelques
heures nous fûmes séparés les uns des
autres. On se retrouva tous ensemble le soir
au banquet officiel donné en notre honneur.

L'on en vida des bouteilles, ce soir-là! et
pourtant tout le monde resta raisonnable.
Nos mathurins, si exubérants d'ordinaire
dans leurs agapes, n'essayèrent pas une
seule fois d'entamer une chanson bachique
ou grivoise, ne souillèrent point la nappe,
ne brisèrent pas une chaise, pas une bou-
teille, se conduisirent, en un mot, comme de
petits saints. L'on buvait, l'on causait, l'on
riait discrètement en gens bien élevés. Tous
étaient heureux.

Au champagne, pour remercier des nombreux toasts portés à la France, notre commandant se leva, prononça un speech court, mais bien touché, qu'il termina en buvant à nos frères d'Amérique, aux Canadiens français !

Ivres de vin, ivres surtout d'enthousiasme, nos hôtes, à bout de phrases, enlevèrent nos officiers, firent deux ou trois fois le tour de la salle en les portant sur leurs épaules et chantant la *Marseillaise*. Pendant quelques minutes ce fut du délire, un tumulte indescriptible.

Lorsque le calme se fut un peu rétabli, Cabestan qui avait mangé comme quatre et bu comme huit, me toucha le bras :

— Pourquoi donc, me demanda-t-il, qu'ils portent comme ça nos chefs sur leur dos ? pourquoi faire ?

— Pourquoi, mon pauvre Kintel ? tu n'as donc jamais rien vu, rien entendu dire ? tu ne sais donc pas que le pays où nous sommes est une ancienne colonie française, que

les Canadiens qui nous entourent sont des
fils ou petits-fils de Français? Ces braves
gens, restés Français de cœur, sont contents
de nous avoir parmi eux, nous, les Français
de France; ils nous aiment et emploient la
suprême manière de nous prouver leur
amitié.

— Alors, quand c'est qu'on aime bien
quelqu'un et qu'on veut le lui prouver, on
le prend sur ses épaules?

— Oui.

— Et plus longtemps on le porte, plus on
lui prouve son amitié?

— Oui, oui — répondis-je un peu agacé,
car ce bavardage m'empêchait d'entendre
une pièce de vers composée pour la circonstance, que son auteur était en train de
débiter. — Oui, mon vieux Cabestan, on le
porte en triomphe le plus qu'on peut.

— J'ai compris, fit-il en clignant de l'œil
et vidant sa coupe de champagne.

Je n'attachai aucune importance à ce léger
incident.

Le lendemain, nous revenions au navire.
Il fallut raconter à nos camarades restés à
bord toutes les péripéties de notre excursion. Cabestan ne se lassait pas de répéter :

— On nous a portés! portés en triomphe!!!

       *
     * *

A la suite de ces événements, Kintel se
trouva subitement transformé ; lui qui, précédemment, était bien l'homme le plus in-
souciant de l'équipage, devint taciturne du
jour au lendemain ; il passait silencieux,
sans voir personne, les yeux perdus dans le
vague, comme absorbé dans une profonde
méditation.

Qu'est-ce que cela pouvait bien vouloir
dire ?

A plusieurs reprises j'essayai de le faire
causer.

— Eh bien! Cabestan, à quoi penses-tu ?
à Montréal ?.. On s'en est donné, là-bas,

hein ! Mais qu'est-ce qui te prend ? Pourquoi rêves-tu toujours depuis ?

— Moi ?

— Oui, toi, je t'ai observé. Depuis Montréal tu rêves et parfois tu pousses des soupirs à faire filer six nœuds, le canot-major. Y aurais-tu, par hasard, laissé une amoureuse ? Tu serais allé vite en besogne !

— Non, ce n'est pas ça.

— Quoi donc, alors ?

— Rien.

Je n'en pouvais tirer davantage. Le gabier gardait son secret.

Aux inspections du dimanche, quand arrivait l'instant de rompre les rangs, je remarquais que les yeux du matelot brillaient d'une façon singulière, il avait des soubresauts nerveux de la face et de tous les membres, et ces symptômes s'accentuaient surtout lorsqu'un service spécial amenait l'amiral sur le pont ; alors Cabestan ne pouvait tenir en place ; d'aussi près qu'il pouvait, il s'en allait rôder autour du groupe des offi-

ciers, on eût dit qu'il avait une demande à
formuler, une réclamation à faire, ou bien
qu'il voulait serrer la main de l'amiral. Un
jour, il s'approcha tellement que, craignant
une bêtise de sa part, je courus à lui et lui
tapant sur l'épaule :

— Eh bien! Cabestan, n'as-tu pas entendu
la berloque! Que fais-tu là?

— Moi? répondit-il effrayé, rien!

Et il se sauva sur l'avant.

* * *

Notre séjour à la Martinique se passa sans
gros incident. De temps à autre nous appa-
reillions pour la Guadeloupe, la Pointe-à-
Pitre, puis nous venions mouiller en rade
des Saintes, seul endroit de ces parages où
la fièvre jaune n'eût point fait son apparition. Fréquemment nous descendions à
terre; nous fîmes là nos tirs annuels au
canon et au fusil, puis les grandes manœuvres trimestrielles; c'est là que nous

eûmes l'explication de l'étrange attitude de l'ami Cabestan, que se dévoilèrent les projets mystérieux conçus et nourris dans la cervelle du matelot.

* * *

Il faisait une splendide matinée.

Le tableau de service portait : « Compagnie de débarquement. »

C'était la dernière fois que nous allions à terre.

A l'aube, à peine avons-nous ingurgité le café, les clairons sonnent le branle-bas.

Chacun se précipite sur son fourniment. Les canots sont amenés et mis à la mer ; en un clin d'œil leur matériel d'armement est descendu et arrimé. Les hommes embarquent.

A force d'avirons, les canots se dirigent vers la terre ; un quart d'heure de *nage* et nous débarquons tout équipés. Comme d'habitude, Cabestan se charge du transport des canons. Sur le rivage, nous nous réunissons aux équipages des autres navires de l'escadre, débarqués en même temps que nous, pour un simulacre d'assaut général.

Malgré l'heure matinale, la côte est noire de curieux; il paraît que la nouvelle de notre descente a transpiré et toutes les populations environnantes sont accourues pour assister aux évolutions.

Nous nous mettons en marche, d'abord en colonne de compagnie; bientôt, nous prenons la formation de combat. Tous ces mâles visages bronzés, sous le béret bleu à coiffe blanche, expriment l'entrain et le contentement.

La consigne est d'observer le silence; aussi, personne ne souffle mot.

Au signal donné, nous nous élançons au pas gymnastique, à la baïonnette; rien ne nous résiste, nous escaladons la hauteur dominant la ville supposée.

L'on marque un temps d'arrêt. Les compagnies sont promptement rassemblées par

6.

leurs capitaines et tous les équipages réunis forment la colonne contre la cavalerie, le carré. C'était un magnifique tableau, que ces quatre murailles vivantes, hérissées de baïonnettes étincelant sous le soleil, renforcées à leurs angles par nos canons de campagne.

Sur trois des faces du carré la poudre parla avec un grondement formidable.

Au bout de quelques minutes, l'amiral, qui s'était placé au centre du carré, fit cesser le feu, et dans un grand silence, il prononça :

« Je suis satisfait, mes amis, de la manœuvre, je suis fier de commander à des équipages aussi disciplinés; je félicite messieurs les officiers et officiers mariniers pour la précision des mouvements, l'excellente tenue et la bonne instruction militaire de leurs hommes qui, eux aussi, ont droit à mes compliments pour l'entrain dont ils ont fait preuve. Aussi je veux que tout le monde soit content aujourd'hui; les puni-

tions grosses et petites sont levées; à tous
je donne double ration de vin pendant une
semaine. Nous allons défiler. — Chef de
musique, vous jouerez le *Chant du Départ.* »

Le carré fut rompu et la colonne en
masse serra sur la section de queue.
L'amiral, suivi de son état-major se porta
en avant sur le flanc droit pour surveiller le
défilé. Le plus ancien capitaine prit le commandement, la musique joua l'hymne demandé, le mouvement commença par la
tête de colonne.

Comme la première section arrivait à
hauteur de l'état-major, j'aperçus un homme
de la droite qui quittait le rang, se glissait
au milieu du groupe des officiers. Derrière
l'amiral, il se courba, s'agenouilla presque,
passa sa tête entre les jambes du chef et
se redressant, l'enleva sur ses épaules

Croyant avoir la berlue, je me frottai les
yeux. Je reconnus la bonne figure de Cabestan, souriant entre les jambes de l'amiral.

Le colosse maintenait l'équilibre de son cavalier en lui tenant les jambes serrées le long de son corps.

L'amiral, effaré un peu de la brusque attaque, avait été bien vite rassuré en voyant à qui il avait affaire.

Les officiers se précipitaient pour le dégager.

— Laissez donc, leur dit-il, puisque ça lui fait plaisir, à ce garçon, de me porter; laissons-le faire; je veux qu'aujourd'hui tout le monde soit content.

La musique s'est interrompue.

— Voulez-vous continuer, vous autres! cria-t-il.

« Allons, Cabestan, ma place serait ici; mais, puisque tu le veux, marchons. Tu vas te mettre devant la section de tête. Ouvre l'œil au bossoir, ne chavire pas en route, surtout!

Et l'on eut ce spectacle étrange, inoubliable; au milieu d'une population ahurie, une escadre française défilant correctement,

Le colosse maintenait l'équilibre de son cavalier en lui tenant
les jambes serrées le long de son corps.

avec, à sa tête, un amiral à cheval sur un matelot.

Cabestan, ivre de joie d'avoir enfin réalisé son rêve, marquait bien la cadence, accourcissait le pas afin de faire durer plus longtemps le plaisir. Il porta son homme tout au rivage, jusqu'au canot; s'avançant dans l'eau et l'élevant à bout de bras à cause de la mer montante, il le déposa délicatement sur les coussins de l'embarcation.

*
* *

On rit longtemps de l'aventure, Cabestan fut le héros de la division navale. On en parle encore aujourd'hui.

Ajoutons que cette prouesse fut plus utile que préjudiciable au mathurin : quelques semaines après, en effet, il avait la satisfaction de voir coudre sur ses manches deux beaux galons de laine rouge que, depuis longtemps, sans oser le dire, il convoitait.

UN CAPRICE DE LA DESTINÉE

UN CAPRICE DE LA DESTINÉE

C'est là-bas, tout là-bas : Terre-Neuve avec ses brumes. En rade de Saint-Pierre et Miquelon, deux bâtiments sont à l'ancre. Sur le quai, deux hommes, les capitaines de ces navires, s'abordent en se serrant la main ; tous deux Granvillais, ils se connaissent depuis longtemps.

— Tu *appareilles* à la marée, Jacques ?

— Ma foi oui ; tu le vois, la *Junon* est *parée ;* ne pars-tu pas aussi ?

— J'en ai bonne envie, mais je suis ennuyé. J'ai déjà quelques hommes exempts de service. Pour comble de bénédiction, Le-

coq, mon maître d'équipage, en *envorguant*
une voile hier soir, est tombé de la mâture
sur le pont. J'ai dû faire transporter le pauvre diable à l'hôpital; me voilà d'autant plus
contrarié qu'il remplissait momentanément
les fonctions de second. Dans ces conditions, j'aime mieux perdre un jour et essayer de recruter ici un *lascar* au courant
pour le remplacer.

— Tiens, nous avons bien fait de parler
de cela. Ne t'embarrasse pas, j'ai ton affaire.
As-tu un autre motif pour rester à terre ?

— Non, par ailleurs, j'ai complétement
terminé.

— Tout est pour le mieux, mon canot
vient d'accoster, embarquons !

Les deux hommes descendirent l'escalier,
prirent place à l'arrière.

— Avant ! dit le capitaine Jacques.

Et la petite embarcation, enlevée par deux
vigoureux rameurs, s'élança vers le large.

Un quart d'heure après, elle s'amarrait
aux flancs de la *Junon*, un beau brick qui

se balançait majestueusement à la lame.

Les deux hommes grimpèrent lestement à bord.

— Fais venir Marcel Gallois, dit le capitaine au mousse, qui était accouru.

Un instant après, un solide gaillard, de vingt-cinq ans environ, à la physionomie ouverte, fit irruption sur le pont par le grand panneau ; il s'approcha.

— Vous m'avez demandé, cap'taine, dit-il, la main à son *surois*.

— Oui. — Mon ami que voilà, le capitaine du *Saint-Bernard*, en partance aussi, a besoin d'un maître d'équipage faisant fonctions de second. Te plairait-il d'y aller ?

— A vrai dire, cap'taine, j'aimerais mieux rester ici ; mais, si la chose vous fait plaisir et que cela rende service à votre ami, je suis tout disposé.

— Et tu n'y perdras pas, mon brave, intervint le capitaine du *Saint-Bernard*, je te donnerai mois double.

— Je vous remercie, cap'taine, quand dois-je me rendre à bord ?

— De suite...

— Alors, avec votre permission, je vais me préparer.

— Va, mon garçon, *arrime* tes effets dans ton coffre, je t'enverrai prendre, tout à l'heure, par le *youyou*.

Une demi-heure après, Marcel prenait congé de l'équipage de la *Junon*, de son capitaine, embarquait à bord du *Saint-Bernard* et s'installait dans la minuscule chambre du second qu'il venait remplacer.

Les deux navires, deux *banquais* (1), armés à Granville pour la pêche de la morue, levaient l'ancre un moment après.

La campagne était terminée, tous deux regagnaient leur port d'attache.

***

Vingt jours se sont écoulés.

(1) Appelés ainsi parce qu'ils séjournent et pêchent sur les bancs de morues.

Dans le petit village de Kairon, à trois lieues de Granville, la blonde Germaine pense à son fiancé Marcel.

Cette année, pendant l'hiver que les *banquais* passent à terre, on doit consacrer leur union.

Elle l'aime de toutes ses forces, son Marcel, il est si bon, si brave, si beau...

Mon Dieu ! comme cette traversée lui semble longue ; il y a douze jours déjà que sa lettre, annonçant le départ, est arrivée. Il est vrai que le paquebot qui l'a apportée, met huit ou dix jours seulement à franchir la dis-

- 7.

tance, tandis qu'il en faut de vingt-cinq à
trente aux bateaux à voiles ; il n'y a vraiment
pas de temps perdu.

Et la charmante enfant, qui raisonne ainsi
pour se donner du courage, redouble d'ardeur ; c'est à la confection de son costume de
mariée qu'elle travaille. Oh ! la belle robe
soyeuse, aux couleurs changeantes ; comme
elles sont fines les broderies qui la garnis-
sent ; et ce bonnet à rubans (presque un chapeau !) plusieurs fois essayé dans la journée,
est-il assez coquet ! Comme il lui va bien !
On dira, dans le village, ce qu'on voudra,
mais elle veut être belle pour lui plaire davantage à lui... qu'elle adore...

Enfants, n'ont-ils pas mêlé leurs jeux? De
son poing, déjà robuste, ne l'a-t-il pas, dès
lors, et toujours ensuite, défendue, protégée
contre les taquineries des autres marmots ou
des jeunes gens ?

Depuis, d'année en année, l'amitié profonde qui les unissait, s'était changée en un
sentiment plus tendre. Quand il partait pour

Terre-Neuve, d'abord mousse, ensuite novice, puis matelot, ne sentait-elle pas son cœur, chaque fois, se serrer affreusement, prêt à se briser?

Le service de l'État l'avait réclamé pendant trente-six mois, ç'avait été le plus dur; aussi quand il était revenu avec les galons de quartier-maître, c'était-elle qui l'avait encouragé, conduit à faire sa demande officielle au père et à la mère. Les deux vieux, d'ailleurs flattés, n'avaient fait aucune difficulté.

C'était presque un monsieur, à côté des autres, leur futur gendre; il savait lire, écrire, lui. Pendant son passage dans la flotte, il avait beaucoup travaillé. Il se proposait de suivre le cours, et, au bout de deux ans, passer son examen de capitaine au cabotage; en somme un bon parti pour leur fille. Puis elle l'aimait tant; grand Dieu! si ce mariage ne s'était pas fait, elle en serait morte, la pauvre petite!

*
* *

Huit jours se sont passés. Cette fois, l'impatience a fait place à l'inquiétude ; cela fait
quatre semaines qu'ils sont partis. La *Junon*,
bonne marcheuse, devrait être arrivée. Tous
les jours, Germaine s'en va sur la route qui
borde la « mare de Kairon », interrogeant
les voituriers qui viennent de Granville, sur
les navires rentrés dans la nuit. Et chaque
fois elle en revient plus triste ; son regard
voilé contemple le grand lac calme, témoin
de leurs jeux d'enfants.

C'est sur cette immense nappe d'eau, dans
ce petit canot amarré à la rive que son Marcel a fait ses débuts nautiques. Des larmes
amères coulent des yeux de la jeune fille, elle
a de sinistres pressentiments.

Les jours succèdent aux jours; rien toujours rien !

Puis, comme une traînée de poudre, un
matin, le bruit se répand que le brick la

Junon s'est perdu corps et biens sur les
« Minquiers ». Une dépêche, expédiée de
Granville, est venue, dit-on, confirmer la
nouvelle.

C'est une révolution dans le village et
dans ceux environnants, qui comptent plu-

sieurs de leurs enfants parmi l'équipage.
Malgré le soin qu'on a pris de les lui cacher,
Germaine n'a pas tardé d'apprendre les bruits
qui courent. Le coup l'a atteinte en plein
cœur. Elle est là, depuis, hébétée, immobile
comme une statue. Elle souffre horriblement;
ses yeux restent secs, elle ne peut pleurer.
Oh ! ses pressentiments ne l'avaient pas

trompée; il était fini, bien fini, son beau
rêve !

Atterrés, les vieux, auxquels elle ne répond pas, ne savent plus quels termes employer pour la consoler. Puis, une lueur d'espoir passe dans son cerveau. Au fait, cette
nouvelle, qui l'a apportée? Cette dépêche, qui
l'a reçue ? Si ce n'allait pas être vrai?

— Père, dit-elle, cette incertitude me tue.
Pars à Granville, mon bon père, va au bureau de la Marine, tu auras là des rensei-
gnements certains.

Docile à la prière de son enfant, caressé
d'un secret espoir, lui aussi, le père Frémont s'en va atteler la vieille jument à la
carriole et s'éloigne.

Combien paraissent longues les heures à
la pauvre Germaine ! Que de pensées lui tra-
versent l'esprit ! Confinée en sa petite chambre qui donne sur la route, elle interroge
anxieusement l'horizon.

Enfin, la petite voiture se profile dans le
crépuscule; c'est son dernier espoir. D'un

bond Germaine est dehors, l'a bientôt re-
jointe. Elle interroge la physionomie de son
père. Celui-ci, des larmes plein les yeux,
détourne la tête. Enfin, dans un sanglot, il
prononce :

— Eh bien, oui, ma pauvre enfant, il vaut
mieux en finir tout de suite, la nouvelle est
vraie, la *Junon* est bien perdue.

— La preuve ?

— Le malheur n'est que trop évident. Des
épaves, le tableau d'arrière du navire, portant
son nom, ont été rapportés par un vapeur
qui, le voyant sombrer sur un écueil, a fait
l'impossible pour lui porter secours. Tout a
été englouti.

Un cri rauque sort de la poitrine de Germaine, elle chancelle et tombe à la renverse,
évanouie.

Laissant cheval et voiture sur la route, le
père Frémont prend sa fille dans ses bras, et,
rapidement, malgré ses vieilles jambes, il
regagne la maison, la dépose sur son lit.

— Femme, crie-t-il, soigne-là, je vais

chercher le médecin. Et il court remonter en voiture.

Ramené en toute hâte, le médecin constata beaucoup de fièvre, mais ne voulut pas se prononcer. Lentement, sous l'empire des sels qu'on lui faisait respirer, la jeune fille revenait à elle.

Promenant ses yeux étonnés sur les assistants, elle cherche à comprendre, à se souvenir. Au bout d'un moment, la mémoire lui revint. Alors les sanglots qui gonflaient sa poitrine, l'oppressaient, se firent jour; ce fut en même temps une crise de larmes.

— Là, maintenant elle est sauvée, dit le docteur. Laissez-là pleurer à son aise; ne la tourmentez pas. Il rédigea une courte ordonnance et se retira.

Le désespoir de la malade était immense. Perdu, lui, son bien-aimé, elle ne le verrait plus; la mer, cette gueuse, l'avait donc pris aussi! Oh! non! ce n'était pas juste, Dieu n'avait pas permis cela. Et les larmes longtemps contenues, coulèrent de nouveau.

Le tableau d'arrière du navire, portant son nom...

A cette explosion de douleur succéda un
calme plus effrayant que la douleur même ;
la détente des nerfs était complète. La jeune
fille maintenant réfléchit, l'avenir lui appa-
raît bien sombre.

Tout est perdu pour elle. A quoi bon vivre
à présent ? Elle ne songe pas à ses vieux
parents qui ont mis en leur enfant tout leur
espoir, non ! L'amour est égoïste. C'est la
mort qu'elle désire ; la mort qui la réunira
à son bien aimé ; seule, elle lui donnera le
repos et l'oubli. Le moyen ? Elle s'en ira
vers le grand étang qui lui rappelle tant de
souvenirs ; elle se laissera glisser doucement, et tout sera fini. Son projet est bien
arrêté. Aussi la nuit venue répond-elle à sa
mère qui veut veiller à son chevet :

— Mais non, mère, je me trouve mieux,
vous pouvez aller vous reposer, je n'ai plus
besoin de rien.

Elle embrasse les deux vieux avec plus d'effusion que de coutume. Ceux-ci se retirent,
un peu consolés de la voir plus tranquille.

Il est tard. La nuit est superbe. Un clair de lune magnifique éclaire le paysage jusque dans ses moindres recoins. Une forme blanche se profile dans l'escalier sombre, la porte est refermée sans bruit. Germaine s'avance, le visage auréolé, déjà, d'une joie céleste. Il lui semble que, là-haut, dans le firmament étoilé, Marcel la voit, l'attend. Elle précipite le pas. Sur les bords de l'étang, elle s'arrête songeuse. Les souvenirs d'enfance, à ce moment suprême, lui reviennent en foule. Son regard s'arrête sur la petite barque dans laquelle jadis il aimait tant à la promener; voici le grand saule sous lequel ils sont venus souvent s'asseoir, qui fut témoin de leurs premiers serments, le sentier escarpé conduisant à la montagne à pic. Combien de fois Marcel ne l'a-t-il pas dédaigné, ce sentier, pour courir, grimper dans la végétation sauvage, cueillir et lui apporter, triomphant, la fleur désirée!

L'imagination aidant, elle croit distinguer, dans le sillage miroitant que trace la lune

sur les eaux calmes, le visage pâle de son
fiancé; puis, cette vision prenant corps, il
lui semble apercevoir ses bras tendus vers
elle. Sans hésiter, en une dernière pensée
pour ses vieux parents auxquels elle demande
pardon, elle descend le talus. Le froid de
l'eau la saisit, la glace; Germaine ne le sent
pas, continue d'avancer. Bientôt l'eau atteint
sa poitrine, son menton, ses yeux. Alors,
sentant qu'elle perd pied, elle s'abandonne.

A cet instant, deux hommes courant affo-
lés, arrivent sur les bords appelant :

— Germaine ! Germaine !

L'écho seul répond à leur appel; aucun
bruit ne frappe leur oreille. Seuls les grands
cercles qui vont se rétrécissant, indiquent
l'endroit où la jeune fille vient de disparaître;
le frisson de l'eau attire leur attention.

D'un bond, l'un d'eux saute par dessus les
ronces et les bruyères. Nageant vigoureusement, il atteint l'endroit où l'eau vient de se
refermer; quelques globules d'air qui remon-
tent, marquent seuls la fin du drame. Il

plonge, revient respirer, puis plonge de

Enfin, à la troisième reprise, il reparaît soutenant un corps inerte.

nouveau. Enfin, à la troisième reprise, il
reparaît soutenant un corps inerte : c'est

8.

elle, c'est Germaine; les rayons argentés de
la lune éclairent son beau visage; ses fins
cheveux dénoués, qui l'encadrent, en font
encore ressortir la pâleur. Le compagnon du
sauveteur est monté dans la barque. En
quelques coups d'aviron, il se met à portée d'aider son camarade. Celui-ci, cram-
ponné d'une main à la frêle embarcation,
soutient la jeune fille et se laisse entraîner.
Ils abordent. Enserrant la noyée dans ses
bras, comme s'il ne sentait pas le poids de
son fardeau, il prend sa course. Le second a
peine à le suivre. En peu d'instants, ils at-
teignent la maison; c'est la deuxième fois
dans vingt-quatre heures qu'on rapporte à la
pauvre mère sa fille mourante. Elle ne perd
pas la tête cependant, lui frictionne les membres, la roule dans des couvertures. Au bout
d'une heure de soins continus, la respiration
reparaît. Un moment après elle est presque
régulière. Germaine est sauvée, elle ouvre
enfin les yeux, et son premier regard est
pour Marcel qu'elle aperçoit, penché sur elle,

épiant anxieusement son retour à la vie.

Pour ne pas interrompre le rêve qu'elle croit continuer, elle referme ses paupières : mais lui, de sa voix la plus tendre, murmure tout bas :

— Reviens à toi, ma Germaine adorée, je t'en supplie. C'est bien moi, Marcel, ton ami, ton époux qui t'aime.

A ces paroles qui résonnent à son oreille comme une douce musique, en un frisson de caresse, elle reprend petit à petit connaissance ; cherchant à comprendre, elle le fixe de nouveau. Pour faire cesser son doute, il l'étreint avec effusion.

— Oh ! mon ami, est-ce bien toi ? Combien j'ai souffert ! maintenant, ta présence me fait oublier la douleur. Pourtant, comment m'expliquer... la *Junon* n'a-t-elle pas fait naufrage ? ce n'était donc pas vrai ?

— Calme-toi, ma douce amie ; tu es encore trop faible... tout à l'heure... demain... je te raconterai ce qui s'est passé.

— Non ! non ! Je veux savoir... Qui t'a sauvé ?

— C'est un miracle !

Alors, Marcel fait le récit de sa permutation à Terre-Neuve, au départ. Le *Saint-Bernard* avait eu du gros temps, mais il s'était bien comporté. Après trente-quatre jours de traversée, ils étaient entrés à Granville dans la nuit. Lui n'avait eu rien de plus pressé que d'accourir embrasser sa mère et sa promise.

— Je suis parti à pied. Le trajet n'a pas été long; j'ai frappé chez nous, à la porte; ma mère a demandé :

« Qui est là ?

« — C'est moi, ton fils, Marcel... ouvre
« donc mère !

« — Mon pauvre enfant ! va-t'en, dors en
« paix; je te ferai dire des messes.

« — Je n'ai pas besoin de messes; qu'avez-
« vous mère? c'est bien moi, Marcel, en chair
« et en os. »

« Plus de réponse : j'entendais la pauvre vieille qui psalmodiait des prières. Qu'était-il arrivé ? Ma mère était-elle devenue folle ?

Pressentant un malheur, je suis accouru ici, où mon apparition a causé à tes parents pareille stupeur. Alors, seulement, ton père m'a tout appris; les bruits au sujet de la *Junon*, son voyage à Granville, la perte du brick confirmée, leur chagrin et ton désespoir. Nous n'avons pas voulu perdre une minute pour te rassurer; ton père et moi avons pénétré dans ta chambre, le lit était vide. Mon Dieu! a dit ton père... l'étang... Ma pauvre enfant!... courons!...

« Tu le vois, nous sommes arrivés juste pour empêcher un malheur. Mes infortunés compagnons ont péri; mon beau navire est perdu; que la volonté de Dieu soit faite! Béni soit-il, pour m'avoir préservé, afin que nous soyons unis. Les deux jeunes gens s'enlacèrent tendrement. »

La première, la jeune fille se remit et prononça :

— Et ta mère, Marcel! il faut y retourner, la mettre au courant.

— J'y cours, dit-il.

— Non, laisse-moi prendre les devants, dit le père de Germaine, je vais la préparer.

Il fallut toute l'autorité du père Frémont pour que la bonne vieille se rendit à l'évidence. Ce récit dramatique, ce *caprice de la destinée*, la surpassait.

Accourue au-devant de son fils, elle l'enserra fiévreusement dans ses bras, pleurant de joie.

·

L'on juge si cette nouvelle miraculeuse fut vite connue dans le pays. Chacun tint à venir en féliciter notre héros.

Trois mois après, dans l'église, trop petite, le bon curé célébrait le mariage de Germaine et de Marcel.

Toute rougissante, sous le regard ardent de son mari, Germaine eut, en passant, un frisson indéfinissable à la vue du grand lac qui avait failli devenir son tombeau. Lui surprit cette impression, et sans rien dire, il pressa contre le sien le bras de sa jeune femme, plus tendrement encore.

UN DÉBROUILLARD

UN DÉBROUILLARD

J'arrivais à Cherbourg, avec un sursis d'une semaine, pour accomplir la période de vingt-huit jours, à laquelle sont astreints les marins du recrutement.

On m'indiqua le *Jemmapes* où les réservistes étaient embarqués.

Le vieux trois-ponts, dégréé, transformé en « ponton-caserne », était ancré dans l'un des bassins du port à une dizaine de mètres du quai. On y accédait par deux passerelles flanquées chacune d'un factionnaire. Je montai à bord.

— Eh bien! ma vieille branche, me dit le

fourrier-secrétaire auquel je m'adressai, on s'amène donc enfin ?

— Tiens, Gombart, c'est toi que je retrouve là. Quel plaisir de te rencontrer.

Et nous échangeâmes une vigoureuse poignée de main.

* *
*

Réserviste comme moi, Gombart, que j'avais connu six ou sept ans auparavant à Cherbourg, où nous avions été nommés fourriers ensemble, était bien le meilleur garçon du monde.

La tête près du bonnet par exemple, vif, emporté, il ne craignait pas de se flanquer un *coup de tampon* sous le moindre prétexte.

En revanche, le cœur sur la main, dévoué, toujours prêt à partager sa bourse et son tabac avec un camarade, il avait su se faire apprécier et estimer de tous ceux qui l'approchaient.

J'étais vraiment heureux de le revoir, car

j'avais gardé du temps passé ensemble le meilleur souvenir.

Les formalités d'admission remplies, je renouvelai connaissance avec les anciens. Je retrouvai là beaucoup de collègues perdus de vue depuis longtemps, entre autres un camarade d'école, Faudais, grand ami de Gombart, lui aussi, avec lequel j'avais été embarqué sur le *Cuvier*.

Je passai en sa compagnie le reste de la journée; il me mit au courant des exercices divers auxquels j'aurais à me rendre, des appels à répondre, etc., etc.

Le soir, nous retrouvâmes Gombart : on sortit du port. Ils m'enmenèrent à leur restaurant habituel, place Divette.

Le repas fut souvent interrompu; nous nous rappelions des noms, des incidents de toutes sortes,

— Te souviens-tu de celui-ci? Tu sais que ce pauvre « Untel » est mort? Chose, que fait-il? Et toi? marié! deux bébés! Compliments, tu ne perds pas ton temps, etc., etc.

Au dessert, nous allumâmes une cigarette.

Alors ils m'apprirent qu'ils allaient devenir beaux-frères.

Gombart m'expliqua qu'en effet il était fiancé à Mlle Faudais, fille du grand industriel, chez lequel il était dessinateur, que de son côté Faudais avait demandé la main de sa sœur à lui Gombart. Les deux mariages devaient avoir lieu le même jour. Les bans étaient publiés, affichés à la mairie du quatorzième.

— Seulement, interrompit Faudais, il y a les quinze jours de clou dont tu ne parles pas.

— Hélas! c'est bien ça qui me cramponne; au fait, tu n'es pas au courant de l'histoire, toi. Oh! tu sais, un rien. Quel guignon! ces choses-là n'arrivent qu'à moi.

— Toujours sa mauvaise tête! reprit Faudais.

— Ça, c'est vrai! pourtant, au fond, il n'y avait pas de quoi fouetter un chat : tu vas en juger.

« Au départ de Paris, surexcité par ce changement brusque dans ma vie régulière, un peu grisé de me revoir avec notre cher col bleu sur les épaules, et aussi, il faut bien l'avouer, par les nombreuses tournées d'adieu, je sentis un moment renaître mes instincts bruyants et belliqueux d'autrefois.

« Nous étions consignés gare Saint-Lazare sous la garde de gendarmes. Malgré la défense formelle qui nous en avait été faite et la surveillance dont nous étions l'objet, je réussis, je ne sais trop comment, à m'esquiver un moment.

« Comme je revenais triomphant, avec une provision de pain, de vin, de saucisson, etc., l'un des *brasse-carré* qui m'avait reconnu comme ayant forcé la consigne, se mit à m'invectiver brutalement. Tu sais si je suis patient. Je lui répondis sur le même ton. Comme il parlait de me conduire à la place, je le menaçai, au premier geste, de lui faire avaler de force le bout de saucisson dont j'étais porteur. Excité par les rires de la gale-

9

rie, il m'empoigna : je fis comme je l'avais dit. Au risque de l'étouffer, je lui introduisis de force ma charcuterie dans la bouche, au grand amusement des spectateurs.

« Le signal du départ, heureusement pour moi, mit fin à cette scène burlesque qui allait mal tourner. Je me débarrassai de mon gen- darme, je n'eus que le temps de m'installer dans un coin de wagon. Le train s'ébranla.

« Le lendemain, nous débarquions ici. Le souci de notre installation m'avait complète- ment fait oublier le *brasse-carré* et le saucis- son quand, le troisième jour, je fus appelé chez le commandant.

« Sans préambule il m'annonça que le préfet maritime m'infligeait quinze jours de prison pour indiscipline ; l'ordre qui émanait du ministère, portait que je subirais cette punition seulement lorsque la période d'exer- cices serait terminée.

« Interrogé, je racontai ce qui s'était passé, m'excusant de mon emportement, essayant de pallier mon incartade.

« — Rien à faire, dit le commandant. Vous n'aviez qu'à rester tranquille; prenez-en votre parti, je ne puis qu'exécuter les ordres reçus. »

« Il parle bien, le commandant, mais il ne connais pas le père Faudais. Celui-ci est homme à refuser son consentement s'il apprend la chose et à me congédier par le classique : « Tout est rompu, mon gendre. »

« Je me creuse la cervelle, depuis, pour trouver un moyen; il faut que je me débrouille. N'aurais-tu pas quelque gros bonnet dans ta manche, toi?

— Ma fois non. Je ne sais personne qui puisse te servir en cette occurrence.

— Enfin, nous verrons bien; encore treize jours à tirer. D'ici là...

— D'ici là?

— J'aurai trouvé, termina-t-il.

* *

Le lendemain et les jours suivants furent

remplis par divers exercices qui nous sépa-
rèrent : École de nage dans les canots,
manœuvre dans la mâture, canon, tir, escri-
me, etc., etc. C'est à peine si, par-ci, par-là,
j'eus l'occasion de serrer la main aux deux
amis, occupés au canon pendant que j'étais
à la manœuvre, et *vice versâ*.

Le samedi, on délivrait les permissions de
vingt-quatre heures. Je me fis inscrire. Faudais, qui aurait pu obtenir cette faveur, aimait
mieux rester avec son *matelot*. Celui-ci, en
effet, à cause de sa punition, ne pouvait
prétendre à rien.

Ma permission en poche, je me disposais
à sortir du port, sans avoir revu Gombart,
quand je l'aperçus qui courait après moi

Tout essoufflé, il me dit :

— Prête-moi ta montre.

Comme, ébahi, je le regardais, il répéta :

— Prête-moi ta montre.

— Pourquoi faire ?

— J'en ai besoin.

— Mais tu en as une, répliquai-je.

— Oui, mais ce n'est pas suffisant. Pas tant d'explications; il me faut la tienne. Me la prêtes-tu, oui ou non?

« Tu as bien confiance en moi?

— Parbleu! Veux-tu la chaîne aussi?

— La chaîne avec, oui!

Je décrochai tout et le lui tendis.

— Merci! et bon voyage.

Il me serra la main et s'en retourna tout courant.

« Que diable peut-il bien manigancer? » pensais-je en me dirigeant vers la gare.

*
* *

Les vingt-quatre heures s'écoulèrent rapidement.

Je rentrai au *Jemmapes* le lundi. Ce fut en vain que je cherchai Gombart toute la matinée, je ne pus mettre le grappin dessus.

Cependant, au repas de midi que nous prenions à bord, je le retrouvai.

— Eh bien! me dit-il, et ce voyage?

— Trop court mon cher, et toi, pas trop ennuyé ?

— Non, ma foi !

— Et ma montre, au fait ?

— Ah ! oui... Tiens, en voilà toujours un morceau.

Il me tendit un bout de chaine de trois centimètres.

— Mais...

— Chut !... Cache-le, ne dis rien... Va la réclamer.

— Cependant, tu m'expliqueras bien...

— Tiens ! écoute, voilà l'explication...

Et il se sauva.

Un coup de sifflet strident et prolongé avec la modulation de : « Attention ! » retentissait dans la batterie.

Immédiatement après, le sergent d'armes de service annonça d'une voix forte :

— Il a été trouvé à bord une montre en or marquée intérieurement. L'intéressé est invité à la réclamer chez le capitaine d'armes.

Interloqué, je cherchais à saisir : « Ce doit

être la mienne », pensai-je. Gombart avait disparu.

« Allons toujours voir. » Très intrigué, je pénétrai dans l'étroite cabine du capitaine d'armes.

— Je viens pour la montre, dis-je, mon béret à la main.

— Ah! ce n'est pas malheureux, vous y mettez de la réflexion, vous; depuis hier que l'on avertit à chaque repas.

— Je vous ferai remarquer que je rentre de permission.

— Bon, bon. Je n'ai rien à remarquer, entendez-vous? Comment est-elle votre montre?

— En or, gravée en dedans des initiales P. L. M., n° 6959.

— Et la chaîne?

— En or également. D'ailleurs, en voici un bout (et je lui présentai les quatre ou cinq maillons et la barrette que Gombart m'avait remis). J'avoue que je ne comprends pas...

— C'est bien ça, interrompit-il après examen sommaire. Quoi, qu'est-ce que vous ne
comprenez pas? Comment, vous avez perdu
ces objets? Il faut donc vous mettre les
points sur les *i*? Ce n'est pas malin, pourtant. Dans votre précipitation à vous *changer*
pour partir samedi soir, vous aurez accroché
la chaîne après l'amarrage de votre sac; là
montre, une fois la chaîne rompue, sera
tombée... Vous ne vous en êtes donc pas
aperçu tout de suite?

— Si, si, c'est-à-dire non... je croyais que...
c'était... dans le train....

— Eh bien, mon garçon, vous devez un
bon dîner au fourrier Gombart, lequel ayant
fait cette trouvaille dès votre départ est venu
aussitôt, spontanément, la déposer ici... Il
n'a fait que son devoir, me direz-vous. C'est
vrai, mais elle eût pu tomber en d'autres
mains...

Je n'écoutais plus mon supérieur; la lumière
venait de se faire, complète. Je comprenais
maintenant. Gombart s'était dit que ce sub-

terfuge, qui en somme ne faisait de tort à
personne, pourrait bien lui faire annuler sa
punition.

Je restais pensif.

— Vous pouvez vous retirer maintenant.

— Je vous remercie, capitaine d'armes, je
cours inviter mon collègue.

Avec Gombart, le soir, nous rîmes beaucoup de l'effarement dans lequel il m'avait
jeté.

— Tu comprends, j'ai été forcé d'agir
ainsi : prévenu, je te connais, tu n'aurais pas
voulu te prêter à la supercherie : il valait
bien mieux te surprendre. Tu vois, cela a
pris : le capitaine m'a félicité, il a promis de
parler pour moi au commandant, ça marche.

* * *

Cependant le temps s'écoulait : la période
d'exercices touchait à sa fin, chacun commençait à parler du départ.

Gombart, dont la situation n'avait pas

changé, devenait plus sombre de jour en
jour : il ne riait plus. Malgré nos exhortations, il ne voulait plus sortir.

Très peiné de l'embarras de son ami, Faudais restait pour lui tenir compagnie, l'encou-
rageait, cherchait à le distraire par tous les
moyens possibles; de concert, ils se tortu-
raient l'esprit pour trouver un biais.

Faudais, lui, voulait aller solliciter le préfet maritime, écrire au ministre, faisait un
tas de projets qui ne présentaient que très
peu de chances de réussite.

Nous étions au 15; on renvoyait les hommes
le 18. Au matin, je les vis arriver tous les
deux, le visage rayonnant.

— Euréka! nous avons trouvé. .

— Ah! ah! Allons, tant mieux. Voyons
ce moyen.

— C'est encore un secret que nous voulons
garder. Tu l'apprendras bientôt.

— Quelque truc que vous avez inventé.
Prenez garde !

— Oh! oh! le père la « Morale »!

Et ils s'esquivèrent,

Je ne cherchai plus à savoir. J'attendis les événements.

.*.

Le programme de la journée comportait un dernier tir à la cible pour compléter le nombre réglementaire de balles à consommer.

Au clairon, chacun court décrocher son fusil au râtelier d'armes, on s'équipe à la hâte. A l'appel, je remarque que Gombart s'est fait porter : *en service.*

Nous débarquons. Les deux passerelles en bois qui relient au quai le *Jemmapes* sont munies d'un seul côté d'un garde-fou en filin ; leur largeur ne permet de passer qu'un à un.

Je précédais Faudais.

— Où donc est Gombart? demandai-je sans me retourner, il ne vient pas?

— Non, il reste pour l'arrêté des livrets...
Il... Ah! tonnerre !

Prêt à poser le pied sur le quai, je me

retourne à ce cri. Faudais venait de perdre
l'équilibre... Il tombait à l'eau armes et
bagages.

Les hommes qui le suivaient, ahuris, restaient figés sur la passerelle.

— Au secours, au secours, criai-je, un
homme à la mer!

Lestement débarrassé de mon équipement,
ma vareuse enlevée, je me disposais à sauter
à l'eau. Tout à coup, en face de moi, sur un
des sabords ouverts, une forme humaine se
dressa, et sans hésiter piqua une tête. J'avais
reconnu Gombart. Je restai immobile.

Il avait saisi son ami sous une aisselle, le
maintenant hors de l'eau : celui-ci, heureusement, n'avait pas perdu la tête, s'aidait du
mieux qu'il pouvait. On leur jeta des bouts
de corde qu'ils ne virent ou ne voulurent
pas saisir.

Gombart nageait toujours vigoureusement,
entraînant son *matelot*. Trois minutes après,
tous deux prenaient pied au petit escalier du
quai.

Faudais venait de perdre l'équilibre... Il tombait à l'eau
armes et bagages.

Le capitaine, les seconds-maîtres les entouraient... Stupéfait de leur audace, j'étais
resté en arrière. C'était ça leur trouvaille :
ma foi ! le tour était bien joué, car moi-même,
un moment, j'y avais été pris.

On les conduisit à l'infirmerie. Chose
étrange, Faudais n'avait pas lâché son fusil
dans sa chute. L'arme et le fourniment furent
remis au maître-armurier. Les deux *noyés* (??),
réconfortés par un cordial, allèrent changer
de vêtements. La compagnie partit au tir. Je
ne les revis pas ce jour-là.

* *
*

Le lendemain, le rapport relatait l'accident
et l'intervention courageuse du fourrier Gombart. Celui-ci était appelé chez le commandant et félicité chaudement.

Naturellement le rapport fut communiqué
au major de la flotte, transmis au préfet
maritime. On rappela à cette occasion, la
montre trouvée.

Le jour même arrivait un ordre de rayer la punition de l'intéressé qui devrait être congédié à la fin des exercices, avec sa classe.

Deux jours après, je conduisais à la gare les deux futurs beaux-frères qui ne se sentaient pas de joie.

Comme, avant le départ, je faisais allusion au bain forcé qu'ils avaient pris :

— *Système débrouille*, mon vieux, disait Gombart en me serrant les mains. Le proverbe ne dit-il pas : Aide-toi...

« Je l'ai mis en pratique... Tu sais... dans quinze jours la noce... les noces, veux-je dire. Si le cœur t'en dit?... »

On appelait les voyageurs : nous nous séparâmes.

* *

Dernièrement, passant rue Racine, je me trouvai en face de Gombart.

En sirotant un apéritif, il m'apprit que

rien n'avait transpiré de la fraude. Les mariages avaient été célébrés au jour dit. Tout
le monde était heureux.

— Il y a cependant une chose qui me chif-
fonne, disait-il en me quittant. Figure-toi
que j'ai reçu du ministère de la Marine un
témoignage officiel de satisfaction. Mon beau-
père, qu'il a fallu mettre au courant du
pseudo-drame en cachant, bien entendu, le
côté délicat de l'aventure, se montre très fier.
Il a fait encadrer le diplôme; à ma grande
confusion, il ne manque jamais de le faire
remarquer à tous ceux qui pénètrent dans son
bureau; il leur raconte avec force détails ce
fameux sauvetage en répétant toujours :

« — C'est égal, mon gendre est trop modeste; je trouve, moi, que ce n'est pas assez;
c'est la médaille qu'il aurait dû avoir... et il
l'aura...

« Le brave homme est si convaincu qu'il
finira par l'obtenir et qu'il voudra m'obliger
à la porter. »

FATALITÉ

FATALITÉ

— Eh bien! Lamort, qué q' tu penses de
ce vent d'amont? j'aurons-t-y beau temps?

— Le flot arrive, *v'là la mé qui braille*,
c'est bon signe.

— Ça s'rait dommage tout d' même, qu'il
ne vente pas un brin d' main, pour les
régates. Sais-tu que s'il f'sait calme plat,
j'serions flambés, malgré not' belle voilure.

— Y aurait, pas qu' nous à la traîne;
r'gard, donc Bonin, il a tellement la frousse
de n' pas être *paré* à temps qu'il a sorti son
bateau.

— Sacré barque! Tu dis vrai, ma foi,

c'est bien le *Destin* qui est là, mouillé au bout de la j'tée; drôle d'idée tout d' même d'avoir été *coucher avec des goélands* (1).

Dam', tu sais, c'est qu'il compte ferme sur les régates de d' main pour faire sombrer la malechance qui ne le quitte pas. J' crois qu' j'aurons rud'ment du coton pour lui passer d'vant le nez au *Destin*. L'a-t-il assez briqué, espalmé; et le gréement r'garde-moi ça, crois-tu qu'il est de taille? N'empêche que nous allons lui donner du fil à r'tordre, hein, mat'lot?

— Je l'espère... Ouf! j'en peux pus; j' crois qu' c'est assez suiffé comme ça; si nous n'allons pas d' l'avant à c't' heure, c'est que l' diable lui-même donnera la r'morque aux autres bateaux. Viens-tu, Guillaume? j'avons ben gagné une bonne moque de cidre.

Et les deux hommes qui étaient les pieds dans la vase de l'avant-port, occupés à

---

(1) Expression maritime qui signifie : passer la nuit en mer hors du port.

Et les deux hommes occupés à suiffer la carène.

enduire de suif la carène de leur bateau,
remontèrent à bord par l'échelle, rangèrent
leurs outils; après un nettoyage sommaire,
ils gagnèrent le quai, non sans jeter un
dernier regard de satisfaction sur l'embarcation qu'ils venaient de quitter.

*
* *

Comme la conversation qui précède vient
de le faire connaître, les régates se couraient le lendemain, grand jour de fête pour
le pays de Granville. Aussi, depuis une
huitaine, quel remue-ménage sur le port!
quelle fièvre dans le petit monde des pêcheurs! On avait repeint et goudronné les
carènes, calfeutré soigneusement les join-
tures, inspecté et huilé les ferrures des gou-
vernails; la mâture, la voilure avaient été
l'objet des soins les plus minitieux. Il
fallait voir avec quel entrain ces rudes
hommes s'écrimaient à ménager toutes les

chances possibles de gain au bateau qu'ils devaient monter.

C'est que cette aubaine n'arrive qu'une fois l'an ; les équipages qui ont la chance de recevoir un premier, voire même un deuxième prix, sont largement défrayés de leurs peines. C'est l'aisance pour les pêcheurs déjà cossus, c'est du pain assuré pendant plusieurs semaines chez les plus besogneux. Puis, il y a l'amour-propre : le patron qui arrive premier est aussi fier de son bateau, il est aussi considéré lui-même que le sportsman dont le cheval a remporté le Grand Prix.

*
* *

Un qui n'avait pas ménagé sa peine, c'était Jean Bonin, dont les matelots s'occupaient tout à l'heure. Il s'était mis en frais : le charpentier lui avait fabriqué un mât de flèche, sur lequel lui-même avait adapté une voile supplémentaire appelée *riquiqui*;

il avait encore fait confectionner un grand foc énorme; avec le *riquiqui* la voilure augmentait bien d'un bon tiers.

La membrure ayant été tout d'abord soigneusement calfeutrée, il l'avait, jour et nuit, polie avec des racloirs, repeinte, graissée de bout en bout. La veille tout était terminé; le soir, au lieu de rester au bassin comme les autres, craignant les avaries qui surviennent assez fréquemment à la sortie de l'étroit chenal, il avait amené le *Destin* au large des jetées, restant à bord, veillant encore, pour mettre la dernière main aux agrès.

⁂

Ceux qui avaient connu Jean Bonin quelques années auparavant, grand, bien bâti, une certaine noblesse dans les traits, toujours gai, bon compagnon, boute-en-train de toutes les fêtes, avaient peine à retrouver en cet homme, blanc avant l'âge, taciturne

et sombre, fuyant toute société, même celle
de ses camarades, le fier luron de jadis.
C'est qu'aussi pendant cette période il en
avait supporté de rudes; la fatalité s'était
appesantie sur lui; c'était d'abord un naufrage, là-bas, sur les rochers de Chausey,
par un temps de brume; il avait failli y
rester. A grand'peine, il sauvait sa peau,
mais le bateau avait été perdu.

Depuis, la guigne, la guigne noire, ne le
quittait plus.

A force d'économies, de privations, sou à
sou, il avait réussi à amasser de quoi acheter
une autre barque, mais la déveine continuait.

Sortait-il en mer avec d'autres bateaux,
ceux-ci faisaient une pêche fructueuse, tandis
que lui, malgré sa vigilance, son activité,
ne prenait rien ou peu de chose. Par hasard,
le poisson avait-il un peu donné? commen-
çait-il à se réjouir de ce demi-succès?
crac! c'était son *chalut* qui se déchirait sur
les cailloux à la dernière embardée; il

11.

fallait en trouver un à emprunter et peiner
jour et nuit pour raccommoder le sien. Une
autre fois, c'était le grand mât qui rompait
à la première bourrasque, une voile que
le vent emportait, l'ancre qui restait au
fond.

Aussi la gêne, une gêne voisine de la misère, régnait à la maison d'un bout de l'année à l'autre ; c'était le cas d'appliquer le
vieux proverbe : « Quand il n'y a plus de
foin au râtelier, les chevaux se battent. »
Son foyer, jadis si calme, si paisible, était
devenu un enfer.

Trop peu intelligente pour comprendre
que dans le malheur il faut puiser de nouvelles forces, pas assez raisonnable pour se
dire qu'à deux on fait mieux face à l'adver-
sité, Mme Bonin, la « grande Julie », comme
on l'appelait, sentait son dépit augmenter à
mesure qu'un nouvel *avaro* se produisait ;
de nature déjà irascible, son caractère s'ai-
grissait chaque jour davantage. Forcée d'ailleurs de restreindre les dépenses de toilette,

mortifiée dans sa coquetterie de femme, elle ne décolérait plus, rejetant sur le malheureux la cause de tous les accidents dont le sort les accablait.

Jean, qui avait tendrement aimé sa femme, cherchait à la calmer, agitait l'espoir de jours meilleurs; peine perdue, hélas! rien n'y faisait; c'étaient à chaque instant de nouvelles scènes qu'elle ne manquait jamais de terminer par cette phrase (ou une autre analogue) qui faisait bondir le marin :

— « Mais aussi, à quoi bon t'obstiner? Puisque tu ne peux plus naviguer, mets *ton ancre à terre*. Pourquoi ne demandes-tu pas à entrer dans la douane? Voilà ce qu'il te faut, tu serais bien en *gabelou*, sais-tu, avec un petit *képi*, une *lévite*; tu jardinerais et je pourrais peut-être de temps en temps me payer un *cotillon*.

Il pâlissait sous cette injure, cruelle pour un vrai matelot. Fuyant la mégère, il allait de cabaret en cabaret se griser d'alcool; alors, à sa rentrée, l'ivresse aidant, au

moindre mot il menaçait de tout *chambarder*
dans la *cambuse*.

Par crainte, elle cédait ce jour-là pour
recommencer à l'irriter à la prochaine occasion.

*
* *

La saison des bains de mer battait son
plein, ramenant avec elle son cortège de
fêtes. Comme tous les ans, on avait affiché
les régates ; les prix à distribuer, grâce à de
généreux donateurs, étaient même, cette
année-là, plus importants.

Alors Bonin s'était dit que le moment
était arrivé de se relever dans l'esprit des
collègues, qu'il avait surpris parfois ricanant
sur son passage. Pour lui-même dont il
commençait à douter, à cause de son bonheur perdu, pour sa femme dont il aurait
voulu ramener sinon la tendresse, au moins
l'aménité, il fallait frapper un grand coup.

Il lui fallait ce premier prix, il le ga-

gnerait; ces joutes devaient mettre un terme
à ses tortures physiques et morales. Il avait
son projet, sa résolution bien prise, et l'un
des premiers il alla se faire inscrire.

* *
*

Le grand jour est enfin arrivé. Dès le
matin, la ville revêt ses habits de fête ; partout on a hissé aux mâts qui ornent le
devant des maisons, de la plus riche à la
plus humble, des pavillons aux couleurs
éclatantes; tous les navires dans le port
sont également pavoisés.

Les trains de plaisir ont amené de l'intérieur une foule énorme de promeneurs
endimanchés; la petite cité, d'ordinaire si
calme, se remplit de mouvement et de vie;
conviées par la municipalité, les sociétés
musicales des villes voisines sont venues
rehausser l'éclat de la fête; elles parcourent
les rues en tous sens, faisant retentir les
échos de leurs joyeuses fanfares.

La mer est encore basse; dans le bassin, dans l'avant-port, on donne le coup de flon aux bateaux petits et grands qui doivent courir; puis à la mer montante, vite, les équipages sont allés se *changer* pour revenir d'une traite à leurs bords respectifs, se préparer à partir.

La journée s'annonce radieuse, une légère brise ride la surface de la *grande bleue* qui miroite sous les rayons du soleil; elle aussi semble vouloir se parer pour la circonstance.

La foule, accourue sur les quais, sur les jetées, se presse et s'entasse, avide de jouir du spectacle.

*
* *

C'est l'heure; on commence par les petites embarcations, puis viennent les jeux divers, les courses aux canards, le mât horizontal, la natation, etc., etc. Enfin un coup de canon indique aux grands bateaux d'avoir à se ranger et s'amarrer sur leurs bouées;

celles-ci, dont les numéros, afin d'éviter
toute contestation, ont été, au préalable,
tirés au sort dans les bureaux de la Marine,
sont espacées entre elles d'une trentaine de
mètres.

Jean Bonin est déjà à son poste, il a la
plus éloignée, le numéro 8.

Comme des chevaux retenus à l'attache et
impatients de partir, les bateaux, qu'anime
l'esprit de leurs équipages, avancent, re-
culent, frémissent, se cabrent, en attendant
le signal. Une second fois le canon retentit.
Tous ensemble larguent leurs amarres, et,
voiles déployées, s'élancent vers le large.

A bord du *Destin*, Jean commande la
manœuvre, anxieux; il est pâle, mais résolu,
un peu gêné que sa femme ait voulu être
témoin des péripéties de la lutte; celle-ci
s'est, en effet, embarquée avec lui. Pour
une fois, elle a l'air de compatir aux soucis
du pêcheur; il semble qu'elle cherche à lui
faire oublier les dures paroles de jadis, elle
se montre presque affectueuse et le cœur du

marin tressaille d'un secret espoir; s'il est
vainqueur, ce sera la fin de ses souffrances,
la paix de son intérieur. Ce succès rompra
certainement le charme, éloignera l'affreuse
guigne qui la poursuit, l'étreint, le tue.

Cependant les bateaux filent, emportés par
une bonne brise. Déjà quelques distances
sont constatées. Le *Destin*, guidé par une
main sûre, fend les flots majestueusement
laissant derrière lui un long sillage d'écume
blanche. A cause de la position éloignée
qu'il occupait au départ, il est forcé de
border (resserrer) ses *amures*; il perd plusieurs longueurs. On court assez longtemps
ainsi; plus favorisés au début, les autres
prennent de l'avance.

Alors Jean se décide à tenter une manœuvre audacieuse : puisqu'il ne peut
gagner par l'avant, il passera derrière, en
biais et regagnera la tête de ligne. Il *vire
dans le vent*, rasant l'arrière de ses rivaux
qui continuent directement; leurs équipages,
cependant, ne sont pas sans s'inquiéter de

ce changement d'allures imprévu ; si le *Destin*
réussit à prendre la corde, une fois en tête
il filera *grand'largue* et regagnera facilement
la distance perdue. Il a dépassé déjà quelques adversaires ; après s'être élevé très
haut dans le vent, il *vire de bord, laissant
arriver* en droite ligne sur la bouée pavoisée
qui indique la première limite que tous
doivent contourner.

Dix minutes après, il la double le premier,
c'est le tiers du parcours. Malgré la brise
qui fraîchit, on hisse le *foc ballon*, on établit
le *riquiqui*. Chargé de toile, le *Destin* semble
comprendre que son maître joue son va-tout ;
il file vent arrière avec la rapidité d'une
flèche.

Il a plusieurs longueurs d'avance, chaque
seconde raccourcit la distance ; le voilà qui
double la seconde bouée ; la victoire est
maintenant assurée. Déjà les marins élec-
trisés sautent de joie, jettent leurs bérets
en l'air. Julie, elle-même, la grande Julie,
radieuse, émue, saute au cou de son homme,

embrasse avec effusion l'heureux vainqueur.

Cependant, la brise devient *carabinée*; elle souffle maintenant en rafales, la mer est houleuse ; la mâture cintrée à force de ployer gémit lugubrement.

Bonin commande d'amener une voile... trop tard! Un craquement se fait entendre ; c'est le *bout-dehors* qui vient de se rompre.

— Amène le grand foc! hurle-t-il.

Les hommes s'élancent; trop tard encore! Le foc, privé de son point d'appui, claque bruyamment : la toile se déchire, elle est emportée comme un mouchoir de poche.

Privé de ses étais, le mât de flèche menace de rompre à son tour; il faut amener la voile supplémentaire, puis le hunier, et l'on est à cent mètres du but! Déjà les spectateurs massés sur les jetées s'apprêtent à le saluer de leurs acclamations; hélas! le *Destin*, comme un oiseau blessé, a ralenti sa vitesse, n'obéit plus que péniblement au gouvernail.

Un premier rival l'atteint, le dépasse; son

équipage, ironique, pousse de frénétiques
hourras ; il en est ainsi du deuxième, du
troisième ; enfin, tristement, le *Destin* arrive
le quatrième. Il entre dans l'avant-port, regagne sa place habituelle de mouillage.

L'équipage est atterré ; Jean, les traits
crispés, les yeux fixes, regardant sans voir,
a l'air d'un fou.

La grande Julie, dont la mauvaise nature
a vite repris le dessus, écume de rage ; dé-
daigneusement, du ton le plus méprisant,
elle lui jette à la face : — C'est honteux,
t'aurais mieux fait de rester couché.

Livide, les dents serrées, le malheureux
ne répond pas.

Le *Destin* est maintenant immobile ; les
hommes veulent amener les voiles, les serrer ; il les arrête d'un geste.

— Que tout le monde débarque! dit-il.

Le canot, amené par le mousse, vient
d'accoster, les marins prennent place.

— Toi aussi, dit-il à sa femme, qui l'interroge du regard. Comme celle-ci a l'air de

résister, il la prend à bras le corps, la jette
dans le canot qu'il repousse du pied.

Puis, coupant l'amarre qui retient le *Destin*
à la tonne, il borde lui-même la grande
voile. Le bateau reprend le chenal.

Étonnés de cette nouvelle sortie, les pêcheurs que Jean côtoie en passant lui
crient :

— Es-tu fou, Jean, où vas-tu?

— Je vais au diable! répondit-il.

*
* *

Le ciel s'est obscurci ; de gros nuages
noirs s'amoncellent, courent de l'est à

l'ouest ; de houleuse qu'elle était, la mer
est dure, les lames sont plus fortes : le vent
souffle maintenant en tempête ; les oiseaux
de mer effarés, cherchant un abri, passent
et repassent, jetant dans l'air leurs cris
énervants.

12.

Les régates sont terminées; seule, la manœuvre du *Destin* attire l'attention; tous les regards se braquent sur lui.

Alors, sortant d'un coffre placé sous la barre un rouleau qu'il y avait caché, Jean le déploie : c'est un grand carré d'étoffe noire; il a bientôt fait d'amarrer deux des angles à la drisse qu'il vient d'amener; remplaçant les trois couleurs par ce pavillon lugubre, il le hisse lentement.

Cette fois l'étonnement des spectateurs s'est changé en stupeur.

A trois reprises le pavillon noir s'abaisse et s'élève régulièrement, saluant une dernière fois la terre; on distingue le pêcheur, son béret à la main, immobile à la barre... longtemps on le suit des yeux.

Le *Destin* s'est éloigné, il est maintenant tout à fait au large, petit à petit il diminue. Bientôt ce n'est plus qu'un point noir perdu dans l'horizon. Enfin, il disparaît tout à fait.

*
* ¤

La nuit qui suivit fut épouvantable; au matin, les vieux marins, sur le port, ho-

Les vieilles se signent en passant devant cette demeure abandonnée.

chaient la tête, disant que depuis longtemps ils n'avaient vu pareille tempête.

Jamais plus on n'entendit parler du *Destin*, jamais on ne revit Bonin.

La grande Julie n'a plus reparu à Cancale. Les portes de la petite maison du pêcheur sont closes; sur leurs planches usées par les rafales du vent et de la mer, on lit encore ce mot tracé par une main inconnue : « FATALITÉ! »

Les enfants s'écartent avec frayeur de cette demeure abandonnée et les vieilles en passant le soir devant son seuil se signent avec dévotion.

On raconte à la veillée que l'âme de Jean y revient de temps en temps, la nuit, réclamer des prières...

LE GRAND CONSEIL

LE GRAND CONSEIL

Les brimades ont à peu près disparu de l'armée. On est devenu très sévère pour les loustics de chambrée, bourreaux inconscients, cruels parfois. Les lits en portefeuille, les sauts à la couverte, la gamelle en bascule, etc... ont fait leur temps, à la grande satisfaction de tous.

En fouillant mes souvenirs, je me rappelle une farce, baptisée par nous le « Grand Conseil », que je considérais alors comme absolument innocente; l'âge et la réflexion aidant, je la juge à présent aussi insipide et nuisible que les autres, capable également de transformer en aversion, la première impression du « *bleu* » qui entre au service.

*
* *

Nous étions à Cherbourg une douzaine de fourriers de la flotte, détachés tant au bureau des réservistes qu'à celui des armements, installés dans un local commun. Bien entendu le souci des écritures officielles ne tenait qu'une très faible place dans nos cerveaux de vingt ans.

C'était à qui s'ingénierait à trouver du nouveau pour rompre la monotonie des quelques heures, combien longues alors, que nous avions à passer dans les différents services.

De onze heures du matin à deux heures de l'après-midi, pendant que les chefs allaient prendre leur repas, la salle où, d'ordinaire, se réunissait le conseil d'administration, devenait notre lieu d'assemblée, quartier géné-

ral où nous régnions en maîtres : nous y
disions des monologues et des chansons ;
comme intermèdes, des assauts de boxe et
de savate, voire même la lutte à main plate,
provoquaient les applaudissements de la ga-
lerie. Un vrai spectacle hétéroclite auquel
les gardiens consignes, les plantons, même
le gendarme de garde (*brasse carré*) ne dédai-
gnaient pas d'assister.

Plusieurs fois les séances avaient été in-
terrompues par l'arrivée inopinée du commissaire aux armements ou de tout autre officier. Prévenus par le factionnaire de la porte
au moyen d'un signal convenu, en un clin
d'œil, nous remettions en place tables et fauteuils; nous rangions vivement les acces-
soires et tout rentrait dans le calme. Ces
alertes, d'ailleurs, étaient plutôt rares. Malheur au pauvre « *bleu* » en quête d'un visa
sur ses paperasses, qui se fourvoyait dans les
bureaux, en ces heures consacrées à nos loi-
sirs : Du numéro 1 on l'adressait au numéro
5 qui le renvoyait au bureau du commissaire

lequel bureau se déclarait incompétent et lui
indiquait un autre service. Il montait les
escaliers affairé, anxieux, pour se rendre à
l'endroit désigné, puis redescendait au galop
pour une formalité (imaginaire) négligée
d'où il sortait. Quand le nouveau venu
énervé de ces éternels renvois, manifestait
une velléité de mécontentement, alors, nous
tenions le « grand conseil ». Le candidat
était introduit dans notre domaine, « la salle
des séances », où chacun de nous, installé
au préalable, coiffé d'une casquette d'officier,
gravement assis derrière la table au tapis
vert, lui posait, le plus sérieusement du
monde, toutes sortes de questions plus sau-
grenues les unes que les autres. L'infortuné
conscrit, qui n'y comprenait rien, répondait
de son mieux, balbutiait, et sortait enfin de
la salle, déconcerté, ahuri, se demandant
s'il ne venait pas d'être le jouet d'un rêve.

Ces amusements, bénins en apparence,
mais plutôt stupides, je m'empresse de le
reconnaître, finirent (tant va la cruche à

l'eau...) par arriver aux oreilles de nos chefs.
Nous avions affaire à un petit bonhomme de
commissaire aux armements, pas commode
du tout, que nous avions surnommé « trotte-
menu » à cause de sa marche affairée par
les couloirs, montant, descendant, toujours
courant, tenant à se rendre compte par lui-
même des multiples détails concernant ses
services.

Interrogé à brûle-pourpoint sur le dé-
sordre qui régnait dans la pièce, un jour
qu'il était rentré fortuitement avant l'heure
(c'est à peine si ce jour-là, nous avions eu
le temps de déguerpir) un gardien-planton,
que nous avions exclu du cénacle en raison
de ses penchants à la mouchardise, détailla
au commissaire nos passe-temps burlesques.

Le traître poussa même les représailles au
point de raconter minutieusement la récep-
tion que nous ménagions aux « bleus » et
les interrogatoires « fin de siècle » que nous
leur faisions subir..

Dès lors, le père « trotte-menu » n'eut

plus qu'une idée : nous pincer *flagrante delicto*.

Il nous prévint d'ailleurs charitablement. A plusieurs reprises, il laissa échapper cette exclamation en nous fixant par-dessus ses lunettes : « *ouvrez l'œil au bossoir ! j'ai le cap sur vous* ».

*

Or, un jour arrivait dans les bureaux un grand diable de Normand bâti en hercule, au teint vermeil, dont l'air gauche, la démarche timide, faisaient présager une séance de rigolade. Il valait le « grand conseil ».

Signalé dès son entrée, après les démarches préliminaires qui nous permirent de nous installer, nous donnâmes l'ordre de l'introduire.

Pour la circonstance, la garde-robe des officiers du commissariat avait été mise à réquisition. Nous avions endossé qui la tunique d'un lieutenant de vaisseau, qui la redingote d'un commissaire à un ou plusieurs galons.

Je me suis toujours demandé où ce diable de Ducellier était allé dénicher la casquette (très usée il est vrai) du major de la flotte.

Avec sa barbe, fournie déjà (dont nous étions tous secrètement jaloux) sous la coiffure aux ornements d'or, il avait assez la mine d'un officier supérieur.

Je m'étais affublé de mon côté, du paletot crasseux et du propre couvre-chef du commissaire aux armements, ses numéros 2 ou 3 bien entendu, qu'on aurait dit sortis du « décrochez-moi ça », tellement les galons en étaient effilochés.

Il ne s'en servait d'ailleurs que dans le bâtiment, pour ne pas défraîchir son numéro 1 qu'il ne revêtait que pour sortir en ville.

Chacun de nous prit sa place aux fauteuils, grave et gourmé, puis le « patient » fit son entrée.

Ébahi de tant d'apparât, croyant avoir fait

13.

fausse route, il voulut reprendre la porte ;
nous ne lui en laissâmes pas le temps.

Une injonction énergique de l'« *amiral* »
le cloua sur place :

— Apprr-ochez ! Comment vous nommez-
vous ?

— Polydore Lachapelle...

— Lachapelle ?... répétez un peu...

— Po...ly...dore Lacha...pelle... balbutia
le malheureux...

— La chapelle... Lachapelle... mais c'est
du féminin... ça...?

— ? ? ? ?

— De quel genre êtes-vous ?

— Le genre... le genre... murmurait Polydore, tournant gauchement son béret dans
ses doigts...

— Oui ! masculin ! féminin ?...

— Vous ne comprenez pas, interrompit
d'un air protecteur ce pince-sans-rire de
Pellerin; on vous demande à quel sexe vous
appartenez ?

— Le sesque... mais... mais...

— Déshabillez vous, morbleu ! reprit l'a-
miral Ducellier... Si cela continue ainsi,

nous n'en finirons jamais, vous vous figu-
rez peut-être que nous n'avons que vous a
examiner ? Allons, habit bas !... Appelez

donc le valet de chambre de service!...

Et pendant que nous étouffions nos rires, le pauvre diable tout tremblant, enlevait un à un ses vêtements... cinq minutes après, il était dans le costume du père Adam.

— Bien! Maintenant, avancez!

— Vous êtes né, d'après ce que je lis sur ces documents, à Sainte-Colombe (Manche), vous avez vingt-et-un ans révolus... Pristi! mais vous me paraissez plus âgé : ne seriez-vous pas votre frère aîné, par hasard?

— Mon frère? mon frère? c'est pas possible, je n'ai qu'une sœur, monsieur!

— Pas de monsieur, ici; amiral, s'il vous plaît; passons. Je lis encore sur vos papiers que vous avez été blessé par la chute d'un arbre, il y a quelques années (ce qui était absolument inventé). Il ne vous est rien resté de cette aventure antérieure?

— Mais j'ons point eu d'aventures *intérieure*, mons... amiral!

— Alors vous êtes plus savant que moi? sachez que je ne me trompe jamais; je vous répète que vous avez un membre inférieur *avarié*; vos deux jambes pour mieux m'expliquer sont-elles bien de la même longueur. Allongez un peu la droite... horizontale... allons... là! Bien! l'autre... très bien! les deux ensemble, maintenant...

Polydore, ne sachant comment résoudre ce problème, écarquille les yeux démesurément, puis se décide à s'arc-bouter raide sur les orteils.

— Montrez voir aux membres du conseil... allons, faisons vite...

Le sujet se décide à faire le tour du cercle, sautant à cloche-pied, la jambe droite toujours horizontale.

— Très bien! la jambe gauche, à présent.

Polydore soumis, recommence la tournée après avoir changé de pied, présentant la jambe gauche pendant que nous approuvions d'un air connaisseur.

— C'est parfait! vous ferez un excellent canonnier : si votre ramage ressemble à votre plumage, en un mot si vous avez une bonne voix, l'on pourra vous admettre dans l'orphéon de la *Sainte-Barbe*... vous savez chanter ?

— Hum ! hum ! un peu.

— Allez-y; chantez-nous quelque chose !

Et comme la victime hésitait, j'eus le cynique courage de lui dire :

— Voyons, mon ami, ne vous émotionnez pas, vous connaissez bien quelque romance ou chansonnette de votre pays ?

Acculé, Polydore très intimidé, entonna :

> Dans le jardin d'mon père   ⎱
> Les lilas sont fleuris;   ⎰ *bis.*
> Tous les oiseaux du monde
> Y viennent faire leurs nids.

Et la hardiesse croissant, il se mit à hurler le refrain :

> Auprès de ma blonde
> Qu'il fait bon, fait bon, fait bon,
> Auprès de ma blonde,
> Qu'il fait bon dormir !...

Il entama les autres couplets, non sans toutefois, que l'amiral ne l'eût interrompu pour lui dire :

— Pour constater si, en mouvement, le souffle ne vous manque pas, marchez rondement au refrain...

Complètement rassuré, le candidat, toujours chantant, se mit à faire des enjambées, tournant en cercle dans l'espace libre.

Comme pour la dixième fois il braillait au pas accéléré :

Auprès de ma blonde, etc., etc.

la porte du fond s'ouvrit lentement, encadrant la maigre silhouette du père « Trottemenu ». Nous nous retournons pour fuir en un sauve-qui-peut général; mais, à cet instant précis, les deux battants de la seconde porte se séparent brusquement et d'autres officiers envahissent l'estrade où nous restons pétrifiés.

Le plus drôle de l'affaire, c'est que Polydore Lachapelle que rien n'étonnait plus (et

pourquoi aurait-il été surpris pour quelques
casquettes galonnées de plus), complètement
emballé, continuait sa chanson de plus belle,
arpentant la salle de sa marche cadencée.

Je dois mentionner ici, non comme circonstance atténuante, mais à titre de simple
constatation, l'accès d'hilarité qui gagna les
officiers, lesquels s'emparèrent au plus vite
des sièges que nous venions d'abandonner,
pour se tordre plus à leur aise, jusqu'à ce
que le commissaire lui-même aille mettre la
main sur l'épaule du patient :

— Parfait ! mon garçon. C'est en effet
bon... bon, comme cela. Rhabillez-vous.

Heureux de voir enfin la séance se terminer, Polydore ne se le fit pas dire deux
fois, se mit en devoir de repasser sa culotte.

Nous voulûmes profiter de l'accalmie pour
nous esquiver. Impossible ! huit hommes,
huit marins, l'arme au pied, baïonnette au
canon, en gardaient l'entrée.

Le premier maître qui commandait la pa-
trouille nous cueillit au passage, pendant

que le père « Trotte-menu » riait malicieusement en faisant clignoter ses petits yeux gris.

Deux par deux, encadrés par la force armée, nous nous mîmes en marche à travers les couloirs jusqu'à l'entresol, qui servait de pièce de débarras, où l'on nous enferma. Au bout d'une heure, on apporta nos vareuses et nos bérets, puis, toujours escortés, nous fûmes conduits à la Division où l'on nous écroua.

Le surlendemain, le Préfet maritime nous infligeait quinze jours de prison pour « abus d'autorité et mépris de l'uniforme ».

Comme première mesure, on nous remplaça aux postes de faveur que nous occupions; puis, l'on nous embarqua, dès la fin de notre punition, sur des navires à destinations différentes.

Quinze jours ! c'était salé. A vrai dire nous prîmes cela du bon côté. Avec l'insouciance de la jeunesse, nous nous consolâmes en faisant retentir, de temps à autre les échos de la prison, du joyeux refrain de Polydore :

> Auprès de ma blonde
> Qu'il fait bon, fait bon, fait bon.
> Auprès de ma blonde, etc., etc.

MÉDÉRIC LE PILOTE

MÉDÉRIC LE PILOTE

La fille du pilote Kervern, du petit pays de
Carteret, une jolie brune aux yeux de velours,
atteignait sa dix-huitième année. A sa beauté
naturelle elle joignait un caractère très doux,
une grâce et une affabilité toutes particuliè-
res ; ces heureux dons, malgré la supériorité
qu'ils lui avaient fait acquérir sur ses compa-
gnes, amenaient à la jeune fille toutes les
sympathies. On lui donnait comme amoureux
le fils d'un autre pilote, Médéric Breton,
quoique le père Kervern ne parut pas disposé
à sanctionner cette union.

Ce n'était pourtant pas le premier venu que

Médéric. Grand, bien découplé, son visage annonçait la franchise et l'énergie. Récemment
rentré du service, il y avait conquis ses galons
de second maître de timonerie. Son père, par
un gros temps, avait été enlevé par une lame,
à bord de son bateau. Il lui avait succédé dans
son emploi de pilote. On venait de fonder à
Carteret une station de sauvetage. Une dame
très riche, de Paris, avait fait don du canot
que l'on avait baptisé tout dernièrement.
Déjà titulaire d'une médaille de sauvetage,
Médéric était tout désigné , tant à cause de ses
qualités reconnues de marin consommé qu'à
sa connaissance approfondie de tous les en-
gins modernes, pour être patron du *Parisien*.
Il fut nommé d'emblée. Le père Kervern ne
pardonna pas à son collègue de lui enlever
ce commandement qu'il convoitait.

Breton, le père de Médéric, avait été son
matelot. Sans que de son vivant, il n'y eût
jamais eu rien d'arrêté entre eux, d'un accord
tacite, les enfants, qui semblaient si bien faits
l'un pour l'autre, avaient été unis dans la

pensée des deux vieux camarades. Les avantages accordés au jeune pilote avaient aigri l'amitié que le père Kervern, ce semble, eût dû porter au fils de son meilleur ami. Sans avouer ouvertement la jalousie qu'ils avaient fait naître en lui, il se promit bien de ne rien faire pour encourager ses projets.

Lorsque Médéric, qui ignorait complètement le ressentiment du père Kervern, bien loin de penser qu'il pût lui porter ombrage, se rendit, accompagné de sa mère en grande toilette, demander officiellement la main de Louise, il croyait pouvoir compter sur un accueil favorable.

Aussi, grande fut sa surprise quand le père Kervern, qui l'avait écouté sans l'interrompre, lui tint à peu près ce langage qui déguisait le motif véritable de son refus :

— Écoute, Médéric : de mon temps, en se mariant, on accouplait deux misères. Dans la barque de l'existence, par mer calme, chacun maniait son aviron, et l'on naviguait de conserve pour arriver au port. Depuis, l'horizon s'est embrumé, la mer est plus houleuse, on ne s'embarque plus sans biscuit. La vie est plus dure, en un mot; il faut compter avec sa bourse.

Que possèdes-tu?

— Votre question me bouleverse, père Kervern; vous le savez aussi bien que moi ce que j'ai : pour tout bien, l'*Entreprenant*, le petit bateau pilote que m'a laissé mon père. Mais j'ai du courage, de la volonté, deux bons bras. Avec ça, voyez-vous, on arrive toujours. Et puis j'aime votre fille plus que tout au monde. Vous ne l'ignorez pas?

— Oui!... l'amour!... je sais; mais cela ne suffit pas pour faire bouillir la marmite; du courage! je n'en ai jamais douté; deux bons bras? on n'a pas toujours la santé. La pêche, le pilotage ne produisent plus rien; les enfants arrivent, alors on végète, puis c'est la misère. Je t'aime bien, mon garçon; mais je ne puis consentir à ce mariage. Louise ne manque de rien, elle restera avec moi.

Travaille, économise... plus tard... nous verrons.

— Cependant, intervint la mère Breton, ce n'est pas ce que vous aviez laissé espérer à

mon pauvre Pierre. Ah! s'il était là et qu'il vous entendît. Mais non! la mer, cette mangeuse d'hommes, l'a pris, lui aussi. On oublie vite...

— Oui, mère Breton, vous n'avez pas eu

de chance; mais que voulez-vous, je n'en suis pas cause. Je me fais vieux, et tiens à ne pas laisser ma fille dans le besoin. Le jour où Médéric me prouvera qu'il a embarqué assez de lest pour naviguer vent arrière, autrement parler, qu'il a de quoi subvenir à ses besoins, à ceux d'une femme, srns avoir à redouter les aléas du métier, eh bien, on pourra peut-être s'arranger. D'ici là... rien de fait.

— C'est votre dernier mot? Vous n'avez donc pas de cœur?

— Si fait, c'est justement parce que j'ai à cœur d'assurer le bonheur de ma fille que je vous parle ainsi.

Comme le jeune homme restait les yeux fixés à terre, interdit :

— Viens, Médéric, ne te désole pas, mon enfant. Dieu est juste, et l'avenir nous réserve bien des surprises. Puis, tu réfléchiras, il y a d'autres filles à marier dans le pays, dit la bonne femme, en passant son bras sous celui de son fils et l'entraînant:

— Non, mère, c'est Louise que j'aime, je

n'en veux pas d'autre. — Ah! c'était trop beau! c'est fini, mon bonheur est brisé; tous mes projets sont anéantis — vivre sans elle! ce n'est pas possible. Je vais partir, me rengager...

Ils tournaient la rue...

— Qui parle de partir? prononça une voix fraîche de jeune fille. Et moi donc? Que deviendrais-je? dit Louise en s'avançant du recoin où elle était dissimulée. Alors!... il ne consent pas?...

— C'est toi, ma bonne petite Louise! Hélas! tu le vois, ton père a été inexorable. Je ne suis pas assez riche. Il ne veut pas comprendre que son refus me tue...

— J'appréhendais cette désillusion. Crois-tu donc, Médéric, que je ne souffre pas autant que toi? Vois, je suis forte, moi qui ne suis qu'une femme, car j'ai confiance en l'avenir. Prends donc courage, mon bien-aimé, aimons-nous toujours. A deux nous serons plus forts pour vaincre les obstacles. Compte sur moi, comme je crois pouvoir compter sur toi.

— Merci, ma fille, de cet encouragement.
Il en avait besoin! le pauvre garçon! Ne par-
lait-il pas de s'éloigner, se rengager! dit la
mère Breton.

— J'espère qu'il ne sera plus question de
cela. Une fois de plus, sois fort, Médéric, tu
as ma parole. Devant Dieu, je le jure, je n'aurai pas d'autre époux que toi. En présence de
ta mère, embrasse-moi, mon ami, ce baiser
sera celui de nos fiançailles.

Et la charmante enfant tendit son front pur
où Médéric déposa un chaste baiser.

— Vous aussi, ma mère, embrassez-moi!

— De grand cœur, ma chère enfant; va et
que Dieu te bénisse pour le bien que tu fais.

***

Réconforté par cet entretien, le pilote, qui
faisait en même temps la pêche, se remit
au travail avec acharnement; puisqu'il n'avait
que ce moyen pour réussir, il bûcherait nuit
et jour, économiserait sou à sou.

De ce jour, il négligea le cabaret, où précédemment il allait quelquefois, ne sortit plus inutilement, évita toute dépense superflue.

* * *

La nouvelle s'était vite répandue que le père Kervern avait refusé sa fille à Médéric. On en jasa longtemps dans le pays; les uns critiquant l'attitude du vieux, les autres, les envieux ceux-là, enchantés de la déconvenue du jeune homme, dont ils jalousaient la belle prestance. Ceux que la préférence marquée accordée au marin par la jeune fille avait écartés, reprirent espoir. L'un d'eux surtout, Rondel, le fils d'un armateur, que les beaux yeux de Louise avaient ensorcelé, se porta sur les rangs, l'un des premiers. Usant d'une tactique plus ou moins loyale, voyant qu'il n'y avait rien à tenter du côté de la jeune fille pour le moment, celle-ci se tenant toujours à l'écart, froide et réservée, il se mit à fréquen-

ter la maison assidûment, flatta les manies
du vieillard, développant son antipathie pour
Médéric autant qu'il était en son pouvoir. Il
l'accompagna dans ses courses en mer, l'en-
traîna au café entre deux sorties; bref, se
tourna si bien de son côté, le circonvint si
adroitement, que le père Kervern ne jurait
plus que par lui. Aussi, à chaque instant, le
citait-il à sa fille comme le mari accompli qu'il
lui faudrait, renchérissant encore sur les
qualités qu'il lui supposait.

A toutes ses exhortations Louise restait
impassible et hautaine. A chaque nouvel
effort tenté par son père, s'il insistait pour
provoquer une marque d'assentiment, elle
répondait :

— Mais qu'avez-vous donc, mon père? On
dirait vraiment que vous voulez vous débarrasser de moi? Vous gênerais-je par hasard?

Et le bonhomme, interdit, presque honteux,
ne savait plus que répondre. Bien sûr que
non, elle ne le gênait pas; mais, enfin, il
fallait songer à l'avenir; il ne serait pas

toujours là, lui; les bons partis étaient si rares !

— Ne vous tracassez pas, mon père, je ne suis pas pressée.

⁂

Une circonstance imprévue vint encore augmenter le dépit du père Kervern, changer en haine son antipathie.

Le bateau de sauvetage qui, à plusieurs reprises, était sorti en mer, toujours avec succès, sous la direction de son brave et habile patron, fut mis à l'eau un jour par un temps affreux pour aller porter secours à un trois-mâts français en perdition à la côte. Malgré la mer démontée, les lames furieuses, la frêle embarcation, après avoir tout d'abord fait plusieurs voyages au bâtiment naufragé, réussit, non sans des péripéties sans nombre, à établir un va-et-vient qui permit de sauver tout l'équipage. Puis, poussant le courage jusqu'à la témérité, entraîné par l'exemple du

capitaine qui n'avait voulu, sous aucun prétexte, abandonner son navire, Médéric, avec
quelques hommes seulement, après une lutte
acharnée contre les éléments déchaînés, aux
yeux de la population accourue, parvint,
grâce à son habileté, son courage, à rentrer
le trois-mâts dans le port. Cette action d'éclat
valut au jeune patron et à ses compagnons,
les félicitations chaleureuses de tous les assistants. Le commissaire de la marine les
convoqua le lendemain, à son bureau, pour
leur lire un rapport qu'il se proposait d'adresser au ministre. Le journal local raconta le
sauvetage, le complétant d'une foule de commentaires très élogieux pour les sauveteurs,
particulièrement pour Médéric.

Le vieux Kervern ne put faire autrement
que de louanger, lui aussi, en public, la bravoure de son jeune collègue. Intérieurement
ce nouveau succès le faisait rager. Rondel,
qui connaissait le fond de sa pensée, vint
jeter du vinaigre sur la plaie. Comme incon-
sciemment, sans avoir l'air d'y attacher la

moindre importance, il répéta au pilote tout
le bien que l'on disait des canotiers et de leur
patron. Pour terminer, il ajouta : Aussi est-il
devenu plus orgueilleux que jamais, ce Médéric. Il n'a pu s'empêcher de dire devant
quelques personnes qui me l'ont répété :

— Hein! les enfants; ce n'est pas de la
besogne de matelot d'eau douce, cela? J'aurais
bien voulu y voir le père Kervern, il ne se
serait jamais débrouillé ainsi.

Le vieux bondit...

— Il a dit cela, le misérable, qu'il prenne
garde à lui.

Il faillit avoir une attaque d'apoplexie le
jour où il lut, dans le journal, que le patron
du *Parisien*, allait recevoir, en récompense
de sa belle conduite, une médaille d'or.
On parlait aussi d'un banquet à offrir par
souscription au jeune sauveteur à cette occasion.

Son dépit, alimenté savamment par l'astu
cieux Rondel, ne connut plus de bornes.
Sous aucun prétexte il ne voulut plus enten-

15.

dre parler du jeune homme, les projets de
mariage furent définitivement écartés.

*
* *

L'automne était arrivé; on était à la veille
d'une des grandes marées d'équinoxe qui
s'annonçait comme devant être rude; le vent,
ce soir-là, s'était élevé, soufflait furieusement; de gros nuages noirs couraient, comme
éperdus, dans un ciel blafard.

Médéric, qui était allé visiter les amarres
de son bateau, venait de rentrer chez lui.

— Il va venter dur cette nuit, disait-il à sa
mère; je plains les malheureux qui seront au
large; il ne va pas y faire bon.

La bonne femme allait répondre quand on
frappa au volet.

Comme Médéric allait voir, la porte, poussée
par une main ferme, s'ouvrit toute grande,
laissant passage à un homme d'une quaran-
taine d'années, correctement vêtu. Malgré le
vent qui s'engouffrait par l'ouverture, il

mit le chapeau à la main et demanda :

— C'est bien ici la demeure de Breton, le pilote ?

— Vous ne vous trompez pas, dit Médéric, qu'y a-t-il pour votre service? Mais, d'abord, veuillez vous asseoir.

Il alla fermer la porte. .

— Merci, mes minutes sont comptées. Je suis heureux de vous rencontrer (ce disant, il dévisageait le pêcheur); vous êtes bien l'homme qu'il me faut. Puis-je parler devant madame?

— C'est ma mère, monsieur, je n'ai rien de caché pour elle.

— Voici donc ce qui m'amène : il faut que je passe à Jersey, ce soir même; pouvez-vous m'y conduire ?

— Grand Dieu! par l'affreux temps qui se prépare! dit la mère Breton.

— Le fait est qu'il n'est pas très engageant...

— La tempête m'importe peu, interrompit l'étranger. Il faut absolument que je débarque

à Jersey cette nuit. Pour la seconde fois,
pouvez-vous et voulez-vous m'y mener?

— Je vous ferai observer que j'allais vous
répondre. Je reprends : le temps n'est pas
engageant; c'est risquer gros que de mettre
un bateau dehors par une foudre pareille.

— Pourtant, si l'on y mettait le prix?

— On ne risque pas sa vie, de sang-froid,
pour de l'or, prononça la mère.

— Voyons, pilote, c'est à vous que je parle.
On m'a pourtant dit que vous n'aviez peur de
rien; ce n'est donc pas la crainte qui vous
retient. Si je vous offrais dix... vingt mille
francs... davantage...

— Encore faudrait-il savoir à qui l'on a
affaire interrompit Médéric, que ces chiffres
avaient lieu plutôt d'étonner que d'éblouir;
car, enfin, il faut un motif sérieux pour vouloir absolument partir à ce prix.

— Le motif est honorable, n'en doutez pas.
Me promettez-vous de vous rendre à ma demande si je vous le fais connaître, en tout
cas de me garder le secret?

— Si je le juge honnête, assez important pour motiver une sortie, je vous jure que j'accepterai; ma discrétion vous est assurée.

— J'ai votre promesse; vous êtes intelligent; je vais tout vous dire.

Sortant de la poche de sa redingote un portefeuille, il en exhiba des papiers. Puis, tendant une dépêche froissée à Médéric :

— Prenez connaissance, dit-il :

Et le marin lut :

« Père très mal, voudrait réparer torts, mais circonvenu. Venez sans perdre une minute, ne passera probablement pas la nuit; une heure de retard peut tout aggraver; testament fait pour X..., sera déchiré si arrivez; discrétion absolue, méfiance, êtes surveillé.

« MARTINET. »

— Vous comprenez déjà, n'est-ce pas? Mon père est noble, riche, très riche, il est entre les mains d'exploiteurs. Une femme intrigante, qui fut sa maîtresse, ne le quitte pas. Il y a un testament fait en sa faveur, je m'en doutais, cette dépêche le confirme; mon père m'avait déshérité parce que, m'ayant refusé son consentement, j'ai passé outre, pour épouser une jeune fille pauvre que j'aimais. Il y a de cela dix ans. J'ai maintenant quatre enfants que j'élève par mon travail; c'est la fortune pour eux, pour ma femme le repos, pour tous le bonheur.

Au reçu de cette dépêche d'un vieil ami de ma famille en villégiature là-bas, qui a toujours cherché à nous rapprocher, mon père et moi, j'ai réalisé mes économies, une vingtaine de mille francs et suis arrivé ici, comme étant le port le plus proche de l'île. Le vapeur qui fait le service est parti ce matin, m'a-t-on dit. Le prochain départ n'est que dans trois jours. Il sera trop tard. Je me suis renseigné; l'on m'a indiqué votre maison; on vous a nommé comme le seul capable de tenter cette traversée. Consultez ces papiers; ils vous prouveront que je viens de vous dire l'exacte vérité. Mon sort est entre vos mains. Que décidez-vous ?

Pour toute réponse, Médéric demanda :

— Vous plaît-il que nous partions immédiatement ?

— De suite, au plus tôt.

— Alors, tu t'en vas, mon enfant ? Médéric, aie pitié de moi, ne pars pas, je t'en prie... Monsieur, je vous en supplie, ne l'emmenez pas.

Et la pauvre vieille joignait les mains, suppliante.

Médéric eut un geste énergique.

— Ne crains rien, mère ; si mon pauvre père existait, lui-même me dirait de ne pas hésiter ; c'est une bonne action que je vais aider à accomplir.

— Quand vous voudrez, monsieur.

Se ravisant, il revint embrasser la pauvre vieille qui sanglotait. L'étranger, lui aussi, s'était ravisé. Posant sur la table une liasse de billets de banque :

— En cas de malheur, dit-il, voici toujours le prix de mon passage.

Et comme la bonne mère esquissait un geste de refus :

— Ce sera la dot de votre fils, espérons-le.

Tous deux sortirent et se dirigèrent rapidement vers le petit port. La tourmente atteignait son paroxisme; le vent soufflait en rafales plus violentes; la mer était blanche d'écume, de grosses vagues venaient, en tourbillonnant, se briser sur la jetée.

Les d... hommes prirent place dans le bateau.

— Attention, dit Médéric, coiffez-vous de ce *surois*. Jetez ce caban sur vos épaules, nous allons être arrosés. Tenez-vous bien surtout.

Il rentra les amarres, hissa doucement la voile dont il garda l'écoute dans la main.

L'embarcation, quoique encore protégée par le môle, enlevée comme une plume, prit le large en un instant. Bientôt elle disparut dans la nuit noire.

*
* *

Au matin, le temps s'était un peu radouci, la mer néanmoins, était restée houleuse. On commentait de toutes parts l'absence de la barque de Médéric. Quelques curieux voulurent savoir, ou interroger la mère Breton. Celle-ci, dans une inquiétude mortelle, désolée, ne put, ou ne voulut répondre que ces mots :

— Oui ! il est sorti, il a voulu... il est brave... comme son père... il ne reviendra pas...

A Louise tout en pleurs qui était venue en cachette, pour avoir des nouvelles, elle avait confié une partie de la vérité. Les deux femmes en larmes passèrent, chacune de leur côté, la journée en prières.

Petit à petit la mer se calmait, la houle était moins forte, les rafales qui s'espaçaient de plus en plus annonçaient la fin de l'ouragan. Le soir arrivait.

A ce moment, la petite voile blanche du bateau pilote fut signalée. A la longue-vue on la distinguait comme une mouette, à la cime des vagues. Cette nouvelle se repandit aussitôt.

16.

L'on accourut de tous côtés. Tous les instruments braqués suivirent ses évolutions. Au bout d'une heure l'*Entreprenant* entrait dans le port.

Médéric, pâle, exténué, ruisselant d'eau, amena sa voile, amarra solidement son bateau à la place habituelle ; ne pouvant se soustraire aux interrogations qui se croisaient, il donna cette explication :

— La nuit dernière je crus entendre le canon de détresse. Avant de rallier les canotiers de sauvetage je voulus m'assurer que je ne m'étais pas trompé, qu'il y avait bien là un navire en danger. Je m'embarquai donc, ne croyant pas le temps si mauvais. Une fois au large, le vent contraire me força d'aller relâcher à Chausey, d'où je viens. Excusez-moi, mes amis, mais j'ai besoin de repos et il faut que je rassure ma mère.

Ce récit ne manqua pas de laisser des doutes : eh ! quoi ! on ne risquait pas sa vie ainsi pour son bon plaisir, sans motif ! il y avait autre chose.

Médéric, qui ne s'était pas ému outre mesure des commentaires qu'avait suscités sa sortie intempestive, à quelque temps de là, partit pour le Havre. Il fut absent une semaine, et ne confia à personne l'objet de son voyage.

Quinze jours après un grand *côtre* portant pavillon de pilote, le numéro et les initiales de Carteret, faisait son entrée dans le port. Quel était donc ce beau bateau presque neuf, à l'allure si coquette, que personne ne connaissait ? La surprise se changea en stupeur quand on vit Médéric se rendre à bord et donner des ordres.

Aux questionneurs, il répondit :

— Mais oui, ce bateau était à vendre, c'est une occasion dont j'ai profité, il est à moi.

De ce jour les calomnies allèrent leur train. Quand on apprit qu'il avait acheté la petite maison qu'ils habitaient, sa mère et lui, ce fut une explosion. Il était donc riche ? d'où venait cet argent ? A quel source l'avait-il puisé ? On se rappela cette sortie en mer,

toujours restée obscure. Quelques pêcheurs
se souvinrent de cet étranger qui était venu
leur offrir de l'or, pour le conduire à Jersey.
Médéric avait dû accepter, lui... mais, ce
voyageur, on ne l'avait plus revu, il n'en
avait jamais parlé ; pourquoi ce mystère ? On
finit par dire tout bas qu'il était bien capable
de l'avoir dépouillé, assassiné peut-être.

— Il est ambitieux, il aime l'argent ; cela
mène loin quelquefois...

Rondel et le père Kervern, eux, dirigeaient
l'opinion du côté du mal. Les esprits s'aigri-
rent, on s'obstina à chercher. Le brigadier de
gendarmerie vint faire part à Médéric des
bruits qui couraient sur son compte ; d'un
mot sans doute il pouvait clouer les calom-
niateurs ; ce mot il le lui dirait, à lui. A son
grand étonnement le pilote resta muet, il
n'en put obtenir aucun éclaircissement.

Louise et la mère Breton, cependant, de-
meuraient calmes. Cette sérénite avait le don
d'apaiser ou d'exalter les *on dit*. C'est qu'elles
sont complices, disaient les uns ; c'est qu'elles

Le brigadier de gendarmerie vint faire part à Médéric
des bruits qui couraient sur son compte.

sont très rassurées, disaient les autres.

Mais, un matin, on vit Médéric, accompagné de sa mère et d'un inconnu, se diriger vers le logis du père Kervern. Il y avait du nouveau; chacun se tint aux écoutes; on allait donc savoir le fin mot...

Le vieux pilote, plus étonné que les autres, intéressé néanmoins par cette visite inattendue, se rendit, sans se faire attendre, à l'appel de sa fille.

On se salua froidement. Médéric qui s'était découvert prononça :

« Monsieur Kervern, il y a deux ans quand je vins vous demander la main de Louise, votre fille, que j'aime davantage aujourd'hui si possible, vous me fîtes cette réponse :

« Mon garçon, je t'aime bien, mais Louise est heureuse avec moi, elle y restera; *on ne s'embarque pas sans biscuit*.. Travaille, économise, plus tard, on verra. »

J'ai suivi votre conseil, j'ai travaillé, économisé, vingt fois j'ai risqué ma vie pour améliorer ma situation afin de mériter votre acceptation. Aujourd'hui le but est atteint. Vous avez vu, dans le port, l'*Intrépide*, le bateau dont je suis possesseur. La maison que nous habitons est la nôtre. Il me reste encore une dizaine de mille francs pour parer à toute éventualité. La demande que je vous fis, je la réitère et vous dis, reprenant pour mon compte vos paroles de jadis :

« Père Kervern, mon bateau est lesté. Je puis maintenant naviguer *grand largue*. Pilote moi-même, j'ai besoin d'un second pour traverser l'océan de la vie; cet aide-pilote, voulez-vous me le confier? en un mot, consentez-vous à me donner en mariage votre fille Louise? »

Très ému, le père Kervern balbutiait sans répondre; il se remit : « Tu vas carrément au but sans *louvoyer*, ceci n'est pas pour me déplaire... tu es riche, c'est vrai... mais ce bateau, cet or, d'où les tiens-tu? On parle d'un passager dépouillé... est-ce que...?

L'étranger l'interrompit :

— Ce voyageur dévalisé... c'est moi, mon-

sieur; je suis le comte de Châteauvieux, venu
sur l'invitation que m'en a faite mon ami
Médéric, pour le délier de son serment, faire
cesser les mauvais bruits qui courent et
appuyer la demande qu'il vient de vous faire.

Médéric est un homme d'honneur; il a
tenu la promesse qu'il m'avait faite de garder
jusqu'à nouvel ordre le secret sur l'origine
de sa petite fortune. Pour des motifs qu'il
me serait trop long de vous énumérer en détail, je suis arrivé un soir dans ce pays ayant
un besoin urgent, immédiat, de passer à
Jersey. Médéric seul, après s'être informé
de la raison majeure qui nécessitait cet em-
barquement périlleux, par ce temps épouvantable, se décida. Grâce à son énergie, à son
dévouement, j'ai pu recevoir la bénédiction
de mon père mourant. — Le comte, mon
père, annulant un testament qui me frus-
trait, me rétablissait son unique héritier :
cette réparation, exécutée en règle, fut le
dernier acte de sa vie. Pendant un mois et
demi, j'ai dû me cacher, afin de ne pas donner

l'éveil aux ennemis puissants qui entouraient le moribond, et leur laisser croire que le premier acte, qu'ils avaient entre les mains, était valable. La mort du comte à remis les choses en leur état naturel, j'ai pu faire valoir mes droits. — C'est donc au pilote Breton que je dois ma fortune. — En revanche, j'ai voulu faire la sienne : c'est moi qui ai payé le bateau, la maison, et lui ait constitué une petite dot. — Comme je lui ai voué une reconnaissance profonde, j'espère bien ne pas en rester là. Sa seule ambition est de devenir votre gendre; il en est digne, pére Kervern, acceptez-le : vous ne pouvez faire un meilleur choix.

Ce récit sincère avait ému le bonhomme beaucoup plus qu'il ne voulait le laisser paraître. Il comprit, à ce moment, que la jalousie de métier lui avait fait méconnaître les mérites de son jeune collègue; il eut honte de sa conduite; cependant avant de se déclarer vaincu, il voulut éclaircir un point qui froissait son amour-propre de marin.

— Je vous crois, monsieur le comte, ré-

pondit-il, et reconnais que je me suis laissé
entraîner à de fâcheuses suppositions sur son
compte. J'aurais dû penser que le fils de mon
vieux *matelot* Pierre ne pouvait être qu'un
honnête homme, comme son père. Ce que
j'aurai du mal à pardonner à Médéric, par
exemple, c'est d'avoir dit, en parlant du sauvetage de ce trois-mâts, qui lui a valu cette
médaille, que moi, Kervern, j'étais un *matelot
d'eau douce* et que j'aurais été incapable de
tenter cette aventure.

— Qui vous a conté cette baliverne?

— Un ami sûr, Rondel, l'armateur.

— Ah! oui, ce grand dadais qui ne vous
quittait plus! Voulez-vous que nous allions
ensemble le trouver ce Rondel, et que je lui
casse les reins en votre présence, pour lui
apprendre à mentir? car, je vous le jure,
père Kervern, pareilles insinuations ne sont
jamais sorties de ma bouche.

Enchanté de voir démenties les paroles qui
l'avaient tant irrité, le vieux pilote tendit la
main à Médéric.

— C'est inutile, mon garçon ; je regrette de n'avoir pas eu plus tôt confiance en toi. Il y avait du dépit dans mon animosité ; il faut savoir vieillir et, même dans le métier de pilote, céder, à temps, la place aux jeunes.

À vous aussi, mère Breton, je demande pardon de vous avoir causé de la peine. Il n'est jamais trop tard pour réparer le mal que l'on a fait. Allez donc, je vous prie, chercher Louise, elle a souffert pour moi aussi, la pauvre enfant.

Un instant après, la jeune fille accourait se jeter dans les bras de son père, pleurant de joie.

.

Louise et Médéric sont unis : la population entière, mise au courant, changeante comme le sont les foules, a fêté l'union des deux jeunes gens. Le comte et la comtesse de Châteauvieux avec leurs enfants assistaient au mariage. C'est le millionnaire qui a voulu en faire les frais. Les pauvres n'ont pas été oubliés.

Rondel, qui a une peur bleue que Médéric ne mette à exécution sa menace, de lui casser les reins, évite avec soin de le rencontrer; bien entendu, le père Kervern ne veut plus le voir.

Il a, comme il dit, *mis son ancre à terre.* Il passe la plus grande partie de son temps à tailler avec son couteau de mignonnes barques, pour ses petits-enfants à venir; il grée des bricks, des trois-mâts, des goëlettes; il en possède une véritable flotte dont il est très fier. C'est fête pour lui les jours de sortie en mer avec son gendre. Il faut voir alors le visage bronzé du vieux s'illuminer, quand Médéric, par déférence, lui confie la barre de l'*Intrépide.*

FAUSSE ALERTE

FAUSSE ALERTE [1]

Ainsi donc, c'était possible, c'était vrai, il ne pouvait pas en douter ! Tout à l'heure, en l'interrogeant, il avait bien été forcé de constater son embarras et l'ambiguïté de ses réponses.

Tonnerre de tonnerre !

Et Marc serrait les poings.

Comme cela arrive toujours dans ces circonstances, il avait été le dernier à être instruit de son malheur ; il avait fallu une querelle de matelots, pour le mettre sur la voie. Le grand Loreau, le patron du *Zéphir*, avait osé lui jeter à la face :

[1] Cette nouvelle a été écrite en collaboration avec M. Martial Moulin, et les journaux ne pourront la reproduire que signée des deux noms : Martial Moulin et Pierre Lemonnier.

— Toi, au lieu de t'occuper des autres, tu
ferais mieux de surveiller ce qui se passe
dans ta cambuse !

Marc avait bondi :

— Que veux-tu dire ? explique-toi, où je te
tue !

— Tiens bon un peu, mon lascar, tu me
tueras après tant que tu voudras ; je veux dire
ce que tout le monde sait. Inutile de te mettre
les points sur les *i*.

— Menteur !

— Le mensonge n'est pas dans mes habi-
tudes, interroge chez toi, demande un peu ce
que l'on va faire à Coutances quand tu pars
en grande marée pour deux ou trois jours ;
et si, après, tu persistes à croire que j'ai
menti, je serai ton homme, pour toutes les
réparations que tu voudras.

Il était rentré chez lui la tête en feu, bien
décidé cependant à dissimuler, afin de découvrir la vérité tout entière, et c'était avec l'apparence du calme parfait qu'il avait demandé
à sa femme :

— Tu sors donc, parfois, quand je suis en mer?

— Moi, avait répondu Jeanne, oui... je sors... pour faire nos provisions.

— Ce n'est pas de ces sorties-là qu'il s'agit. Ne t'es-tu jamais mise en toilette; par exemple, pour aller à Coutances ?

— Qui t'a dit cela ?... Il peut se faire, en effet, qu'un jour ou l'autre je me sois habillée, pour aller au marché de Coutances... Mais quand... je ne me le rappelle pas au juste.

— Tu ne te rappelles pas! c'est bien drôle.

— Marc, mon ami, qu'est-ce qui te prend? que penses-tu donc?

—Je ne pense rien, cela suffit.

Il était sorti la mort dans l'âme.

*
* *

Marc Lebris atteignait sa quarantième année : grand, robuste, agile, il était réputé

l'un des premiers parmi les hardis pêcheurs
du petit port de Regnéville. Durant ses années
de service à l'État, il avait travaillé son instruction et obtenu des diplômes pour le long
cours et le cabotage, ce qui lui assurait une
considération incontestée. Brusque d'allures,
mais bon enfant au fond, très obligeant, d'une
parfaite loyauté, il possédait la sympathie de
tous.

Sous une enveloppe un peu dure, cet homme
portait un cœur de sentimental : au temps où
il tenait garnison à Brest, il s'était épris d'une
jeune fille de mœurs plutôt légères, avait vécu
avec elle maritalement, comptant l'épouser à
sa libération du service. Gabrielle lui était
restée fidèle pendant un an passé. Puis, un
beau jour, elle était partie, pour suivre à
Paris un autre amoureux, moins aimé peut-
être, mais plus fortuné. Cet abandon avait été
pour le matelot un crève cœur d'autant plus
grand, que quelques semaines avant son départ sa maîtresse avait mis au monde un enfant, un petit garçon, qui était bien de lui

et qu'il aimait tendrement ; en s'en allant, elle avait emporté le petit être.

Durant des années, il avait pleuré l'infidèle et son fils. Puis, peu à peu, le temps avait accompli son œuvre d'apaisement ; vers la trentaine, il avait connu une jeune fille de dix-huit ans, une orpheline recueillie chez son tuteur, un pêcheur de Regnéville ; il avait demandé et obtenu sa main. Et, une fois le mariage accompli, Marc, oubliant le passé, avait cru vivre d'une existence nouvelle : il aimait sa Jeanne, sa jeune femme, comme jamais il n'avait aimé Gabrielle, avait en elle une confiance absolue. Au moment de leur union, il commandait un navire pour la pêche, à Terre-Neuve ; mais, afin de vivre plus près de son adorée, de pouvoir se consacrer plus entièrement à elle, il avait renoncé à son commandement. Du fruit de ses économies, il avait acheté une petite maison, s'était fait construire un bateau et se livrait exclusivement à la pêche. Ce métier n'était pas très lucratif, mais avait cet avantage immense de

lui permettre de rentrer presque tous les soirs
auprès de sa Jeanne.

Marc se remémorait jour par jour les dix
années écoulées depuis sa noce, dix années
de félicité. Une seule joie lui avait manqué :
il aurait désiré avoir un fils, et sa femme ne
lui avait pas encore donné d'enfant ; il s'en
consolait en idolâtrant davantage sa petite
Jeanne chérie ; il y avait dans son amour
pour elle quelque chose de paternel ; elle
semblait le payer de retour, l'entourait de
tendres soins, ne lui avait jamais donné nul
sujet de plainte.

Et cette femme le trompait !... Tout serait
maintenant fini !...

Ce n'était pas possible ! Il fallait voir.

* *
*

Malgré toute l'horreur que lui inspirait le
métier d'espion, Marc dut se résoudre à surveiller sa femme ; coûte que coûte, il voulait
connaître toute la vérité. Il fit semblant de

n'avoir aucun soupçon et de continuer son
train de vie ordinaire, c'est-à-dire de sortir
quotidiennement en mer. En réalité, il n'embarquait qu'un jour sur deux. Le jour où il
restait à terre, il s'enfermait dans un petit
grenier qu'il
avait loué, pres-
que en face de
sa maison, pour
y loger ses fi-
lets. Ce réduit
possédait une lu-
carne à travers
laquelle il pou-
vait apercevoir
toutes les allées

et venues de sa femme sans être vu.

Cette surveillance se continua pendant des
semaines. Rien d'anormal ne se produisait :
Jeanne vaquait aux soins du ménage sans
paraître avoir en tête aucune préoccupation
étrangère à ses devoirs ; il la voyait, très
active, aller et venir dans leur logement, net-

tòyer, mettre tout en ordre ; lorsque la *pro-
preté* était terminée, elle s'asseyait à la fenêtre
avec un travail de couture sur ses genoux,
s'absorbait à tirer l'aiguille et ne la quittait
que pour préparer le repas du soir. Parfois
elle sortait pour aller au marché ou dans
quelques magasins du quartier, mais ne s'arrêtait guère ; ses absences n'avaient rien de
louche.

Lorsque le soir, le pêcheur rentrait à son
logis, sombre et préoccupé, malgré ses efforts
pour paraître calme, la jeune femme redou-
blait pour lui de tendres démonstrations,
essayait de le dérider. Le plus souvent,
croyant à une profonde dissimulation de sa
part, il subissait avec horreur ces caresses ;
parfois cependant à l'aspect de cette créature
naguère tant aimée, il sentait sa jalousie tomber, sa colère fondre ; ce visage était l'expression même de la sincérité, une telle femme
ne pouvait le trahir ! Ce grand imbécile de
Loreau devait avoir menti ! Il avait des tenta-
tions de se jeter aux pieds de Jeanne, de lui

avouer ses soupçons odieux, d'implorer son
pardon... Mais il ne pouvait faire cela, agir
comme un gamin; il était un homme, lui, un
homme raisonnable ; il fallait continuer
l'épreuve, attendre encore.

Un jour, Marc se trouvait à son observa-
toire habituel, où il se promettait, d'ailleurs,
d'être venu pour la dernière fois.

Machinalement, il suivait des yeux le fac-
teur de la poste. Il le vit se diriger vers sa
demeure; arrivé sous la fenêtre de Jeanne,
l'homme leva la tête mais passa outre, entra
dans la maison d'à-côté, remit une lettre à la
voisine; celle-ci tourna deux ou trois fois le
pli dans sa main et alla de suite le porter à
Jeanne, sans le décacheter.

Jeanne s'empressa de déchirer l'enveloppe,
lut avec attention, parut fort satisfaite, puis
dissimula le papier dans son corset.

Marc sentit la sueur lui monter au front,
ses dents grincèrent. La chose était-elle assez

claire, maintenant: son amoureux lui écrivait!
et, afin que la correspondance ne pût tomber
entre ses mains à lui, Marc, on adressait les
lettres chez la voisine, qui se faisait complice
de l'infamie.

Malédiction! Cette fois, c'était une preuve!
Il allait courir vers elle! lui demander une
explication! — Non!... La saisir par **les cheveux**, la jeter à terre, lui arracher la **lettre**, la
confondre et la tuer après...

Il descendit de son grenier; se retrouva
dans la caresse de l'air pur, devant l'immensité bleue, sous les grands arbres familiers.
La sérénité ambiante calma un peu son cerveau en ébullition : « Il ne fallait point tuer
sans être bien sûr. S'il allait se tromper!! »
Il fit un long détour, pour se donner le temps
de se ressaisir tout à fait, puis entra chez lui
sans prononcer une parole. Jeanne lui sauta
au cou.

Cela devenait trop fort, par exemple! C'était
intolérable. Il ouvrait la bouche pour parler...
Elle ne lui en laissa pas le temps.

— Si tu veux, mon ami, j'irai demain à
la foire de Coutances ; notre garde-robe a besoin d'être remontée ; il nous manque un tas
d'objets que je ne puis trouver ici.

« Ah ! elle me demande d'aller à Coutances »,
pensa Marc, « elle se dénonce elle-même, c'est
Dieu qui l'a voulu. Elle va y trouver son
amant ? Tant mieux ! Cela me permettra de les
tuer tous les deux ensemble. »

18

Et d'une voix qu'il réussit à rendre naturelle, il répondit :

— Certainement, je veux. Nous sommes justement en grande marée, je partirai de grand matin demain vendredi pour ne rentrer que dans la nuit du samedi au dimanche, tu aura tout le temps de faire tes affaires.

— Cela tombe bien ! Regarde s'il ne te manque rien que je puisse t'apporter.

Épouvanté de tant de cynisme, Marc sortit, prétextant une petite réparation à sa barque. Le dénouement approchait, il s'agissait de ne point perdre le nord. Il aiguisa soigneusement son couteau de matelot, tout en ruminant son plan de vengeance ; une heure après, il rentra se mettre au lit près de sa femme, mais ne put parvenir à fermer l'œil.

Au milieu de la nuit, Marc se leva, se laissa embrasser encore une fois, puis prit la route de Coutances à pied, afin de ne pas être remarqué.

A l'aube, il était rendu à destination; il entra dans un cabaret, se fit servir de l'alcool.

Vers les neuf heures, il vit arriver la diligence de Regnéville, Jeanne en descendit.

Elle avait mis ses atours des grandes fêtes : la coiffe blanche, aux ailes flottantes, coquettement, s'étalait sur les bandeaux de cheveux noirs, encadrant un visage d'une régularité absolue. A vingt-huit ans, elle avait encore la souplesse et la grâce de sa prime jeunesse; elle était belle réellement, plus belle que jamais. Et elle marchait d'un petit pas allègre; toute sa personne semblait rayonner de contentement.

La jeune femme se dirigea au cœur de la foire qui battait son plein, de temps à autre s'arrêtant aux étalages, examinant les marchandises, faisant quelque menue emplette. Et Marc ne la quittait pas des yeux, la suivait de loin, titubant, bien qu'il ne fût pas ivre, indifférent à tout ce qui se passait autour de lui, ne voyant point les parades en plein air,

les extraordinaires tours des acrobates et des
hercules, n'entendant ni les appels des mar-
chands ni l'assourdissante musique des sal-
timbanques, pas même les protestations de
gens qu'il bousculait dans sa précipitation.

Après avoir visité le marché, Jeanne explora
les divers quartiers de la ville, entra dans
quelques magasins pour en ressortir presque
aussitôt ; au carrefour Saint-Nicolas elle s'arrêta un instant, consulta la montre sus-
pendue à son cou par une chaîne d'or ; puis,
se dirigea vers le chemin de fer, entra dans
la gare.

Elle va donc partir?... Non, elle ne prend
point de billet ; elle a les allures d'une personne qui en attend une autre.

Un train venant de Cherbourg s'arrêta. On
ouvrit les portières, le défilé des voyageurs
commença. Un jeune quartier-maître de la
flotte, sautant lestement à bas d'un des wagons
de 3ᵉ classe, courut à Jeanne, l'embrassa tendrement. Elle lui rendit ses baisers.

Marc sentit un frisson lui passer par les

N'entendant même pas les protestations de gens qu'il bousculait dans sa précipitation.

moëlles, il pressa dans sa main le manche de
son couteau !... Mais non, il était décidé à
pousser l'épreuve jusqu'au bout ; les miséra-
bles ne lui échapperaient pas ; se dissimulant
derrière la foule, il les laissa passer.

Le couple sortit en babillant de la gare. A
l'extrémité de la rue, l'auberge de l'Épi d'or
balançait au vent son enseigne enluminée ;
les jeunes gens y entrèrent.

Marc les suivit. Devant l'auberge il s'arrêta.
Les amoureux avaient pénétré dans une petite
pièce du rez-de-chaussée dont les fenêtres
donnaient sur la rue. Les rideaux étaient
tirés, l'on ne pouvait rien voir de ce qui se
passait à l'intérieur. Il s'approcha tout près,
eut le courage de patienter encore un peu,
entendit le son des deux voix joyeuses...
Mais la mesure était comble, la colère trop
longtemps contenue éclata. D'un coup de pied
il brisa les carreaux et leur cadre ; puis, en-
jambant la fenêtre, il tomba au milieu de la
salle.

— Mon Dieu ! mon Dieu ! s'écria Jeanne

éperdue. — Le quartier-maître se dressa devant l'envahisseur.

Marc ne pensa pas à son couteau ; cette arme n'était point faite pour sa main loyale.

Sans prendre garde aux supplications de Jeanne, les deux hommes se jetèrent l'un sur l'autre, s'étreignirent à bras-le-corps, cherchant mutuellement à se terrasser. Ils étaient robustes tous deux ; mais le jeune ne possédait pas encore sa pleine vigueur, et l'aîné n'avait rien perdu de la sienne. Au bout d'un instant de lutte le jeune s'affaissa sur les reins, entraînant avec lui son adversaire. Marc se dégagea, leva le pied pour labourer le visage du vaincu, lui défoncer la poitrine.

Mais alors, Jeanne se jetant devant lui, s'écria :

— Arrête, malheureux, ne frappe pas ! C'est ton enfant que tu vas tuer ; c'est ton fils ! le fils de Gabrielle !

Et Marc ne frappa point ; hébété, il se laissa tomber sur un tabouret.

L'hôtelier était accouru au bruit ; Jeanne le

supplia de s'en aller, l'assurant que tout était fini ; sans insister l'homme se retira.

Marc resta quelques secondes dans une complète prostration; puis ses lèvres bégayèrent :

— Mon fils... elle dit mon fils... Comment ?

— Oui, ton fils, mon ami, et aussi mon neveu ; je vais t'expliquer.

Et elle s'approcha, caressante :

« Cette Gabrielle, que tu as connue à Brest, qui ne t'a jamais dit que son nom de baptême, Gabrielle était ma sœur, mon aînée de douze ans. Elle avait quitté la maison que j'étais encore toute petite. La famille , sachant qu'elle menait une vie irrégulière, l'avait reniée. Jamais l'on ne m'avait parlé d'elle ; je n'en gardais aucun souvenir, j'ignorais même son existence.

Il y a huit ans, Gabrielle revint au pays, elle avait quitté Paris avec l'intention de te reprendre, te croyant toujours garçon, et te ramenait ton enfant ; mais, en apprenant que tu étais marié, et marié à sa jeune sœur, ses idées changèrent. Loyalement elle vint à moi, me raconta tout, me présenta son petit Pierre, ton fils, qui avait alors douze ans. Il fut convenu avec ma sœur que nous ne te dirions rien de la chose. Grâce à la protection du vieux curé, défunt depuis, nous pûmes faire entrer l'enfant à l'école des mousses à Brest ; la mère trouva une place auprès de lui et vécut honorablement de son travail. Ma pauvre sœur est morte, il y a deux ans.

A sa sortie de l'école, Pierre avait été dirigé sur Cherbourg et, depuis, je venais assez fréquemment à Coutances où nous avions des rendez-vous avec lui, Pierre, mon neveu, ton fils...

Le quartier-maître s'était approché peu à peu, écoutait attentivement ces explications qui lui révélaient le secret de sa naissance.

Marc se sentait revivre à la parole de sa femme, de sa Jeanne bien-aimée.

— Pourquoi, demanda-t-il, ne m'avoir point dit tout cela plus tôt ?

— Pourquoi, mon ami? J'ai eu tort, je l'avoue; mais c'était plus fort que moi : tant que ma sœur a vécu, j'étais jalouse; Gabrielle avait sur moi l'avantage d'avoir été ta première affection, de t'avoir donné un fils, tu l'avais beaucoup aimée; je craignais que tu ne la préfères à ta Jeanne. Lorsque la pauvre fille eut quitté ce monde, je gardai le silence encore, guidée par un sentiment un peu enfantin, un peu vaniteux; j'attendais, pour te présenter *notre* fils, qu'il eût des galons d'or.

« Ce devait être pour janvier prochain. »

De grosses larmes roulaient le long des joues de Marc; mais c'étaient des larmes heureuses. Il prit dans ses bras les deux jeunes gens et les réunit sur son cœur dans une même étreinte.

« Ma chère femme! » murmura-t-il « mon pauvre enfant! »

LES ÉCONOMIES

DU QUARTIER-MAITRE LAHUREC

LES ÉCONOMIES

DU QUARTIER-MAITRE LAHUREC

« Vous ne pourrez jamais trimballer tout
ça; prenez une voiture, mon brave, cela vau-
dra mieux! »

Ainsi parlait l'un des principaux employés
de la gare de Lyon au quartier-maître de
manœuvre Lahurec, lequel paraissait très
embarrassé.

Se rendant à ce bon conseil, le marin, après
avoir remercié en portant la main à son béret,
se décide à héler une voiture.

— *Ohé! ho! du canot... accoste* un peu par
ici la *guimbarde!*

*
**

Le quartier-maître Lahurec, débarqué, il y
a huit jours, du *Bayard*, retour d'une campagne de Chine de trente mois, rejoint Brest.
Avant de quitter Toulon où le navire a été
désarmé, il a bien insisté près du fourrier
pour obtenir tout au moins une avance sur
son décompte. Malheureusement, ou plutôt
par bonheur pour son petit pécule, les sommes, revenant à chacun, ont été déjà répar-
ties dans les divers bureaux de l'inscription
maritime; il ne pourra toucher qu'en arri-
vant à Brest.

Avant de reprendre la ligne de Bretagne, il
tient à serrer la main de son *matelot* Prigent,
lequel, congédié en cours de campagne, ha-
bite provisoirement chez son frère, rue d'A-
lésia, dans le XIV° arrondissement. Ses effets
remplissent deux grands sacs bien *arrimés* en
carré, bourrés jusqu'en haut; une caisse, qui
paraît très lourde, contient des bibelots de

toutes sortes, souvenirs du voyage; on vient
de déposer le tout sur le quai de la gare.

Les modiques frais de route qu'on lui a
versés au départ, lui paraissent bien insuffi-

sants; il n'est pas *lesté*. Aussi, contre son habitude, se montre-t-il très circonspect quant
à la dépense, et débat-il minutieusement avec
le cocher, qui vient de ranger son véhicule
à sa portée, le prix du transport. On convient

enfin de cinquante centimes par colis; ce sera deux francs pour l'homme.

Les bagages, passe encore, mais deux francs pour lui ! c'est énorme, eu égard à la somme minime dont il est possesseur ; il songe : Ah! s'il avait palpé son décompte! ce serait une autre paire de manches; il ne se contenterait pas d'un modeste *sapin*. Ce serait une belle calèche, avec deux chevaux, qu'il choisirait pour *épater* son ami Prigent et faire du *fla-fla*. Mais, aujourd'hui, par économie, il peut bien aller à pied; cela lui dégourdira les jambes.

Ceci décidé en son *for intérieur*, il passe à l'automédon l'un des sacs et la caisse que celui-ci se met en devoir de ranger sur la toiture du véhicule; la portière ouverte, il fourre dans le fiacre le deuxième grand sac, qui n'est pas le moins pesant, puis ayant jeté une dernière fois l'adresse, ajoute en refermant :

— *Pousse ! hisse le grand foc! avant partout !*

Le cocher flanqué de ses deux colis qui lui cachent la vue en arrière, a senti un choc, entendu la portière claquer ; cela lui. suffit. Stimulé par un vigoureux coup de fouet le cheval part au trot.

Après s'être introduit dans la bouche un énorme *pruneau* qu'il vient de retirer de son béret, Lahurec, les poings à hauteur du creux de l'estomac, prend le pas gymnastique, expectorant à droite et à gauche de longs jets de salive jaunâtre. Les passants, surpris à la vue du matelot impertubable dans son allure, se retournent et suivent des yeux ce *bagotier* d'un nouveau genre.

A un certain carrefour les vrais bagotiers (1), ceux du métier, à l'affut d'une voiture à suivre, voyant d'un mauvais œil cet inconnu empiéter sur leur privilèges, se concertent

---

(1) Les bagotiers, bohèmes déclassés, font métier de guetter, aux environs des gares, les voitures chargées de malles ou de colis volumineux. Quelque soit la longueur du chemin à parcourir, ils suivent à la course les véhicules, pour aider à les décharger moyennant un modique salaire.

19.

un instant, puis se mettent en devoir de barrer le chemin à *l'intrus.*

— De quoi! de quoi! *des soleils!* (1) nous allons rire !

Et brusquement, sans plus de réflexions, fonçant dans le tas, il cogne à droite avec ses poings, allonge à gauche plusieurs coups de savate bien appliqués qui couchent à terre deux ou trois adversaires; les autres s'esquivent sans demander leur reste. En deux minutes, la place est nette.

Lahurec a repris la position de boxe, en garde, bien campé sur ses jarrets.

— Allons ! à qui le tour, dit-il, faisons vite? Personne n'en veut plus; la distribution est finie? *All right!*

Il reprend le pas gymnastique, sa bonne face bronzée, illuminée d'un large rire de satisfaction.

La voiture a de l'avance; heureusement

(1) On désigne ainsi, dans les ports principalement, des individus, moitié portefaix, moitié vagabonds qui passent la plus grande partie de leur temps à flâner ou dormir étendus sur les quais.

elle monte au pas le boulevard de Port-Ro-
yal ; il regagne du terrain ; mais, la voilà qui
repart, et Lahurec accélère sa course. Bientôt,
laissant de côté le Lion de Belfort, le véhicule
s'engage dans l'avenue d'Orléans, puis, en

face l'église Saint-Pierre, fait un crochet et
s'arrête enfin au 61 de la rue d'Alésia.

Le quartier-maître tout essoufflé, le rejoint
juste à ce moment. Après avoir extirpé de
l'intérieur le grand sac qu'il y a logé, il reçoit,
l'un après l'autre, les deux colis de l'exté-

rieur, qu'il va déposer au préalable dans le vestibule de la maison.

Puis, sortant son grand mouchoir (à bordure rouge portant un navire imprimé en noir sur fond blanc), il dénoue l'un des angles qui contient sa monnaie.

Il met dans la main du cocher un franc cinquante, celui-ci reste le bras tendu.

— Ah! oui, le pourboire, hein? voilà! et Lahurec ajoute généreusement deux gros sous.

Le conducteur grommèle : il lui faut deux francs encore.

— De quoi deux francs, proteste le marin : ne sommes-nous pas convenus de cinquante centimes par colis ?

— Ben! oui, et puis pour vous deux francs!

— Comment quarante sous pour moi! Est-ce que tu *m'prends pour un bleu? Mais mon vieux colon*, je suis venu à pied!

— A pied ?

— Comme j'te l'dis; même qu'il y a eu un

abordage et que ce n'est qu'en *louvoyant* que j'ai pu me *pomoyer dans ton sillage*; la bagnole *filait au moins neuf nœuds!*

Irrité d'abord, puis ahuri par ce langage fleuri, le cocher hurle :

— J'sais pas si ça fait *neuf* ou *dix nœuds;* le *louvoyage* ça m'est égal, *le sillage?* connais pas! c'est quarante sous qu'il me faut. En voilà encore un drôle de pistolet!...

Lahurec bondit :

— Pistolet! il m'a appelé pistolet, ce pot à tabac!

Espère un peu...

Et comme le cocher, descendu, s'avance rouge d'indignation.

— Ah! tu sais, *s'pèce de calfat;* pas de menaces, ou va y avoir des avaries à *ton bord!*

En matière d'avertissement, Lahurec se met à jouer des bras et des jambes, exécute une leçon de boxe qu'il fait suivre immédiatement d'une autre plus compliquée; les pieds, les poings se lèvent et s'abaissent, se détendent brusquement en des voltefaces scandées.

Les passants s'arrêtent, se groupent et
rient aux larmes, tant des pirouettes du quartier-maître, que de l'attitude piteuse du cocher, lequel, effrayé, opère une retraite pru-
dente, roulant des yeux effarés.

Un sergent de ville, attiré par le rassem-
blement, s'est approché pour en connaître la
cause; il veut interrompre Lahurec; mais le
marin, grisé de l'enthousiasme qu'il provoque
chez les badauds, qui le lui témoignent en
applaudissements bruyants, tient le gardien
de la paix à distance, faisant passer à chaque
instant à deux pouces de son visage des coups
de chausson savants, sans l'atteindre pourtant, et ce, avec connaissance de cause. Enfin,
essoufflé, il s'arrête de lui-même. Un peu
rassuré, le cocher expose alors ses griefs. Le
quartier-maître tient bon, soutenant en des
phrases imagées, épicées de jurons, qu'il
ne doit pas les quarante sous réclamés, puisque personnellemet, il ne s'est pas servi de
la voiture.

Le représentant de l'autorité, qui ne peut

lui faire entendre raison, menace de l'em-
mener s'expliquer au poste. A ce moment

précis, survient l'ami Prigent, qui, de la fenêtre, a reconnu son matelot ; il est accouru
quatre à quatre. Immédiatement mis au cou-

rant, il remet les deux francs, cause du litige,
au cocher qui file à l'anglaise. Le rassemble-
ment se dissipe à l'invitation de l'agent qui
l'accentue d'énergiques : « circulez ! »

Les premières effusions passées, Prigent,
après avoir mis les bagages sous la garde du
concierge, emmène chez le mastroquet voisin, son ami Lahurec qui bougonne :

« — Mille millions de sabords, mon pauv'
Prigent, n'y qu'à moi qu'ça arrive ces ava-
ros-là; moi qu'on dit toujours que j' jette
l'argent par-dessus bord! Pour une fois que
j' veux faire des économies, v'là qu'on veut
m'fourrer au clou, ça m'aprendra à m'arrêter
dans ce Paris de malheur (1), où l'on n' peut
faire deux pas sans être forcé de se flanquer
une tripotée. Une autre fois j' demanderai à
rejoindre par mer; comme ça, j'aurai pas
d'histoires avec tous ces terriens, cochers et
autres, qui n'comprennent s'ment pas quand
un marin leur parle français... »

(1) Voir Lahurec à Paris, *Aventures de Mathurins*, 1 vol.,
0 fr. 60.

UN PARIA

UN PARIA

Son père, ivrogne invétéré, portefaix, rouleur de quais, fraudeur et chapardeur à l'occasion, avait été trouvé pendu à une solive, au grand émoi des habitants de Poulgoazec (1), un jour que les gendarmes venaient l'arrêter pour purger une nouvelle et récente condamnation.

La mère, pauvre martyre n'avait pu résister à cette dernière secousse : elle était morte à l'hôpital.

Recueilli d'abord par le vieux curé, on

(1) Petit port dans la baie d'Audierne, à trois kilomètres de la pointe du Raz.

l'avait confié ensuite à Mathurin Gouédec, un pêcheur du pays, qui l'avait dressé brutalement au rude métier de la mer.

L'enfant allait avoir dix ans.

Dans ce rustique milieu, où le pain de chaque jour était dur à gagner, jamais la moindre caresse ne venait atténuer sa mélancolie, irradier son visage. En butte, plutôt, à cause de la fin tragique des auteurs de ses jours, aux sarcasmes et à l'antipathie du monde des pêcheurs, Jeannic, très ombrageux, fuyait, lui aussi, toute société.

Les autres gamins, auxquels il avait cependant fait des avances à sa façon, en les trimballant sur ses épaules déjà robustes, ou bien taillant de petites barques, qu'il leur gréait à ses moments perdus, ne manquaient jamais, pour le récompenser, de lui jeter des pierres en l'appelant « le Paria » et de lui jouer toutes sortes de vilains tours, jusqu'à ce que, acculé, tel un sanglier forcé dans sa bauge, il se retournât sur ses ennemis. Alors Jeannic dont la force physique était considérable, déjà, ne se connaissait plus. A bout de patience, il fonçait sur eux culbutant tout; rien ne l'arrêtait dans son élan furieux; ne cessant de frapper que lorsqu'il avait fait, autour de lui, place nette.

A différentes reprises, les parents des éclopés étaient intervenus; à leur tour, abusant de leur force, sans chercher à connaître qui avait tort ou raison, ils avaient rendu à Jeannic, en double, les corrections que celui-ci infligeait aux leurs.

Aussi, de sombre qu'il était, petit à petit le caractère de l'enfant était devenu sauvage.

Cet isolement n'avait pas peu contribué à accentuer la laideur originale de son physique déjà peu agrémenté : un nez écrasé, deux petits yeux ronds, la bouche large, aux lèvres épaisses, dans une énorme tête aux cheveux rudes et broussailleux, rattachée, par un cou puissant au tronc, un tronc d'athlète, auquel semblaient accrochés deux bras démesurément longs, toujours en mouvement.

L'aspect était plutôt farouche et méchant.

Le bon vieux curé, tout en cherchant à atténuer l'antipathie générale, avait essayé, en même temps, de dompter ce caractère rébarbatif.

Il s'était heurté de part et d'autre à un entêtement irraisonné dont il n'avait jamais pu venir à bout.

Seule, la gentille Aline avait su prendre quelque empire sur cette nature indomptée.

Petite-fille d'un capitaine de frégate en retraite, elle habitait, avec son grand-père, le château situé à la crête de la falaise, vieux manoir féodal dont les ruines, à l'exception d'une aile restaurée qu'occupait M. de Kerlaguen, étaient un sujet de curiosité pour les touristes.

La fillette, douée d'un cœur sensible, avait rencontré Jeannic plusieurs fois chez le recteur; témoin des remontrances paternelles qu'il lui adressait, elle s'était sentie attirée vers ce malheureux être, en raison même du mépris que les autres lui témoignaient.

Afin de le décider à apprendre assez de catéchisme pour faire sa première communion, elle-même s'était érigée en professeur : les résultats avaient été surprenants. Jeannic s'était à l'examen, classé parmi les premiers. Fière de son élève, à l'occasion de la cérémonie, elle avait obtenu de son grand-père qu'il invitât le vieux Gouëdec à dîner au château, avec son fils adoptif.

Et, de ce jour, le « Paria » lui avait voué mentalement une reconnaissance admirative, sans bornes, qui tenait du culte.

Ce sentiment s'était accru encore quand, deux ou trois ans plus tard, la charmante enfant était venue, comme un ange consolateur, dans la cabane du vieux matelot, malade, exténué, en train comme il disait *d'avaler sa gaffe*. Des heures entières elle était restée à le soigner, l'encourager, pendant que Jeannic, homme déjà, sortait seul en mer, au *chalut*, pour subvenir aux frais de médecin et de médicaments.

A la mort du bonhomme, c'était elle en-

core qui avait paré aux dépenses de l'inhu-
mation. En outre, elle avait tenu, en compagnie de son aïeul, à conduire le pêcheur à
sa dernière demeure.

Aussi Jeannic se serait jeté dans le feu
pour elle ; quand il rencontrait sa bienfai-
trice, ses petits yeux ronds s'illuminaient d'un
vif éclat. C'était du bonheur pour une semaine, lorsque, portant au château le plus
beau morceau de sa pêche, il en recevait le
prix des mains de la jeune fille, qui ne le
quittait jamais sans lui adresser quelques
paroles bien affectueuses, accompagnées d'un
gracieux sourire.

Orpheline aussi, il lui semblait que plus
que tout autre, elle se devait d'égayer l'existence de ce pauvre déshérité du sort.

Ses parents, elle non plus, ne les avait
jamais connus. Sa mère était morte en la
mettant au monde; comme un malheur n'arrive jamais seul, au cours de la même année,
son père, lieutenant de vaisseau, qui commandait le *Renard*, avait péri sur les côtes

du Sénégal : le navire, dans un cyclone, s'était perdu corps et biens.

Accablé par la mort de sa fille unique, M. de Kerlaguen faillit perdre la raison en apprenant ce nouveau malheur. La mort de son gendre laissait à sa charge deux enfants, car Aline avait un frère plus âgé qu'elle de quelques années. Il se dit qu'il fallait vivre pour les orphelins : il les fit élever près de lui au château. Plus tard ne voulant pas se séparer de tous les deux, il avait fait venir une gouvernante, qui instruisait sur place la fillette, tandis que le jeune garçon entrait au lycée de Brest.

Quelques années s'étaient écoulées : Aline avait fait des progrès, était devenue une jeune fille accomplie. Richard, son frère, venait d'entrer au *Borda*, le vaisseau école des officiers.

De temps en temps, le jeune aspirant venait passer quelques jours de permission près de son grand-père et de sa sœur. Avide d'exercices physiques, il excellait dans tous

les genres de sport; son grand plaisir était
de conduire, dans un canot à voiles, lui
appartenant, sa sœur ou son grand-père,
quelquefois tous les deux, faire une promenade en mer.

Incidemment il avait remarqué la sympathie de sa sœur pour Jeannic. Indifférent,
étonné même, il ne comprenait pas cette
quasi affection pour le pêcheur dont le *ga-*
barit ne lui revenait pas.

* *
*

Un midi, Jeannic revenait de la pêche
après une nuit passée dehors; il croisa, sur
la grève, les deux jeunes gens.

Toujours bonne, sachant le plaisir qu'elle
lui causait, Aline s'approcha demandant :

— Eh! bien, Jeannic, la pêche a-t-elle été
bonne?

— Pas mauvaise, merci mademoiselle,
j'aurions pu faire mieux, mais v'là *l'norois*

qui va s'élever, la *mé moutonne*, il *brumasse*,
n'y avait plus qu'à rentrer.

— Allons, viens-tu, sœurette, cria l'aspirant, qui ne s'était pas arrêté ?

— Voilà ! voilà ! !

— Faites excuse, mam'zelle Aline, mais vous n'allez pas en mer, je suppose ?

— Si fait, mon frère veut me conduire à l'île aux Mouettes.

— A c't'heure, aussi loin ! croyez moi ne sortez pas...

— Pourquoi, qu'est-ce qu'il y a ? demanda l'aspirant qui commençait à démarrer la chaîne du canot et devinait, plutôt qu'il n'entendait, les paroles prononcées.

— Pass'que, monsieur Richard, cet amas de nuages, là-bas, n'est pas bon signe. Les goëlands et les pétrels *piquent* dans le vent. Dans une heure d'ici, i n'f'ra pas bon au large...

— ... Oui ; c'est vrai ; le temps n'a pas belle apparence, mais nous ne faisons qu'aller et venir. D'ailleurs je connais mon affaire,

répliqua le jeune homme, se révoltant à
l'idée d'avoir l'air de suivre les avis du pêcheur.

— Allons, fillette, embarques-tu ?

— Mais... Richard, puisque Jeannic...

— Oui, oui, mam'zelle, croyez-moi, r'mettez
vot' promenade à un autre jour.

Comme l'aspirant, contrarié, fronçait les
sourcils, elle sauta résolument dans la barque :

— A la grâce de Dieu ! dit-elle...

D'un coup d'aviron, l'embarcation franchit
la petite crique qui l'abritait. Richard établit
la voile qui s'arrondit aussitôt ; la jeune fille
vint se placer à la barre.

Emporté par le vent qui soufflait de terre,
le canot prit le large rapidement.

Resté à la même place, le pêcheur le suivit
longtemps des yeux. Lorsqu'il fut hors de
sa vue, il regagna tout pensif sa demeure
pour y prendre un peu de repos.

Étendu sur sa maigre couchette, il ne put
d'abord fermer l'œil ; l'image de la petite

La jeune fille vint se placer à l'arrière, saisit les cordons
du gouvernail.

barque, disparaissant dans la brume, le han
tait, l'obsédait.

Deux ou trois heures s'écoulèrent. Le vent
avait pris de la force; depuis un moment il
soufflait furieusement. Le pêcheur s'était
assoupi.

Soudain une rafale, plus forte que les autres, fit gémir les ais de la vieille masure.
Jeannic, réveillé en sursaut, sauta de son
grabat, se dressa sur ses pieds, doutant encore. Une nouvelle secousse, qui fit trem-
bler les vitres, s'engouffra. Le jeune homme
frémit. Ce qu'il avait prévu arrivait : c'était
la tourmente.

— Ils sont rentrés heureusement, pensa-t-il.

Mais un doute lui vint : Et s'ils ne l'étaient
pas ?...

N'y tenant plus, il courut à la petite anse
où le *Lutin* s'amarrait d'habitude; elle était
vide !...

Anxieux, il explora la mer du regard.
Rien ! pas la plus petite voile à l'horizon.

Les coups de vent, maintenant, se succédaient plus violents de minute en minute.

Et le commandant ? savait-il

Il prit sa course vers le château. Au bout de l'avenue il rencontra le vieil officier, se pressant autant que ses vieilles jambes le lui permettaient, qui, tout de suite, l'interrogea, effaré.

— Ils sont rentrés ? Le *Lutin* est là, n'est-ce pas, Jeannic ? Réponds donc !

— Hélas! non, mon commandant; n'y a personne!

— Que dis-tu ? Tu te trompes, ce n'est pas possible... viens, hâtons-nous!

Ils rencontrèrent des pêcheurs qui, instruits à la hâte, coururent avec eux.

La petite crique était toujours veuve de son habitant.

— Ah! mon Dieu! mon Dieu! ils sont perdus, répétait le commandant.

La grève abrupte, la petite jetée, furent bientôt remplis de gens, hommes et femmes, qui commentaient l'évènement avec de grands

gestes désespérés. — « Rien à faire! » di-
saient-ils.

La tempête, maintenant, se déchaînait
dans toute sa force. Les lames, d'abord
courtes et pressées, s'élevaient, d'instant en
instant, en montagnes gigantesques, dont
les crêtes effilées, décapitées par le vent, se
transformaient en embruns qui venaient,
jusque sur le rivage, fouetter le visage des
assistants. Sur le bout de la jetée, la mer
déferlait avec violence menaçant d'entraîner
les téméraires qui s'y étaient aventurés munis de longues-vues, cherchant à découvrir
quelque chose au large. Le ciel noir charriait
de gros nuages qui, par moments, rasaient
les vagues, avec lesquelles ils semblaient
faire corps.

Le vieux commandant se lamentait, pleurait comme un enfant, suppliait les hommes
présents de tenter l'impossible...

— Que faire? se demandaient-ils, que
faire? Si au moins on voyait quelque chose...

Jeannic avait disparu.

— Ah! gémissait M. de Kerlaguen, vous n'avez donc pas de cœur?

— Si, si, commandant, on a du cœur au ventre, allez; vous le savez bien; mais

Le vieux commandant se lamentait, pleurait comme un enfant suppliait les hommes présents de tenter l'impossible...

enfin, y a des fois où ça n'suffit pas. Sainte Vierge! il faudra être archi-fou pour essayer de mettre une embarcation dehors par ce chien de temps, et, quand même, où aller.

21

— Mes pauvres enfants! Dieu ne permettra pas cela! Seigneur, rendez-les-moi, sanglotait le vieillard.

Puis brusquement :

— Mais vous êtes donc tous des lâches? Personne n'osera-t-il aller à leur recherche : ils, sont à l'île aux Mouettes. Qui donc se dévouera?

— Moi, commandant! dit une voix ferme; et Jeannic (qui venait de dépouiller ses vêtements cirés, ses lourdes bottes et les avait échangés contre une vareuse et un caleçon de laine) fendit la foule et s'approcha.

Le « paria » à ce moment était transfiguré.

— Ah! je savais bien! C'est toi, Jeannic? Brave cœur! Embrasse-moi et partons; je vais avec toi...

— Non, non, mon commandant, j'irai seul, vous me gêneriez!... N'insistez pas où je reste...

— Tu as raison, je t'embarrasserais; que je t'embrasse encore, mon brave garçon et que Dieu te conduise...

— Ainsi soit-il! répondit le jeune homme.

Puis, se frayant un passage, non sans avoir jeté un long regard de défi sur le groupe de pêcheurs que cette scène avait hypnotisés, il courut à la jetée, descendit, malgré les lames furieuses par l'échelle de fer, dans sa barque, qu'il démarra en un tour de main.

— Il a perdu la boussole, disaient les marins, gênés quand même du muet reproche que Jeannic leur avait adressé, il n'ira pas seulement à deux encâblures. Au fait, y aura pas grand'perte s'il y reste, ce porte-malheur!...

*
* *

Cependant le bateau de Jeannic, qui avait déployé le moins de toile possible, à cause de la violence du vent, disparut aussitôt, emporté par la tourmente dans la nuit déjà noire.

Le pêcheur, se remémorant la phrase que

la jeune fille avait prononcée le tantôt, mur-
mura : « A la grâce de Dieu ! » .

Que lui importait la vie, après tout? qui
donc le regretterait lui, le paria, le maudit?
Personne !

La seule créature qui lui eût montré quelque affection était en danger, et lui, Jeannic,
ne risquerait pas, sans la moindre hésitation,
sa misérable existence pour la sauver ? Allons
donc ! et de tout cœur.

Fier de sa résolution inébranlable, Jeannic
redressait la tête, cherchant à percer les
ténèbres qui se faisaient plus épaisses.

La barque, faible atome dans l'immensité
courroucée, filait d'un train vertigineux.

Au bout d'un certain temps, dans une seconde d'éclaircie, la petite île aux Mouettes
lui apparut distincte, dans la pénombre, au
milieu des tourbillons d'écume formés par
les lames qui venaient se briser sur les
pointes et dans les anfractuosités de rochers
dont elle était hérissée, la recouvrant presque. Si les naufragés étaient réfugiés là,

cernés par la bourrasque, il y avait encore
des chances de salut ; on pouvait les en retirer avant que l'île ne fût entièrement submergée.

Cherchant à surprendre parmi les hurle-
ments du vent, un cri d'appel, dans ce
chaos, un signal, il se dirigea de ce côté. Il
prêta l'oreille : Rien ! Par de savants coups
de barre, il parvint à faire le tour de l'île,
fouillant avidement les moindres recoins ;
rien ! toujours rien.

Il fallait aller jusqu'au bout. Au risque de
se briser vingt fois, il se laissa emporter par
une lame monstrueuse, allant déferler sur
l'îlot. La frêle embarcation entraînée comme
une paille, monta dans le remous, dominant
le rocher, puis retomba brusquement, et
vint, par bonheur, s'enliser profondément
dans une petite anse naturelle, faite de sable,
encaissée entre des roches tapissées d'algues
gigantesques.

La toile amenée, Jeannic, d'un bond, fut
dans l'eau jusqu'au ventre, muni d'une gaffe

qu'il enfonça profondément dans le sable.
Déroulant la chaîne, il la fixa solidement à
ce pieu improvisé.

Tout de suite, il se mit à parcourir l'espace libre. Soudain, comme il commençait à
désespérer un cri lui échappa; en même
temps qu'il constatait la présence d'épaves
dont il recherchait l'origine, il aperçut, se
détachant sur le sable blanc, deux corps
que le flot roulait, les laissant à sec un instant, pour venir, la vague suivante, les re-
couvrir en partie. Il se précipita; c'était bien
le frère et la sœur.

Enlevant la jeune fille dans ses bras, il
l'emporta au point le plus élevé, que la mer,
n'avait pas encore atteint.

Puis, ce fut le tour du jeune homme. Du
front de celui-ci le sang coulait. Ils sont
morts, pensa-il en pressant dans les siennes,
les mains diaphanes de la jeune fille. La
souvenance des soins à donner, en pareille
occasion, lui revint en mémoire; il n'y
avait pas de temps à perdre; il allait prati-

quer l'insufflation, puis les tractions rythmiques de la langue. Mais Jeannic sentit son angoisse augmenter : il fallait dégrafer le

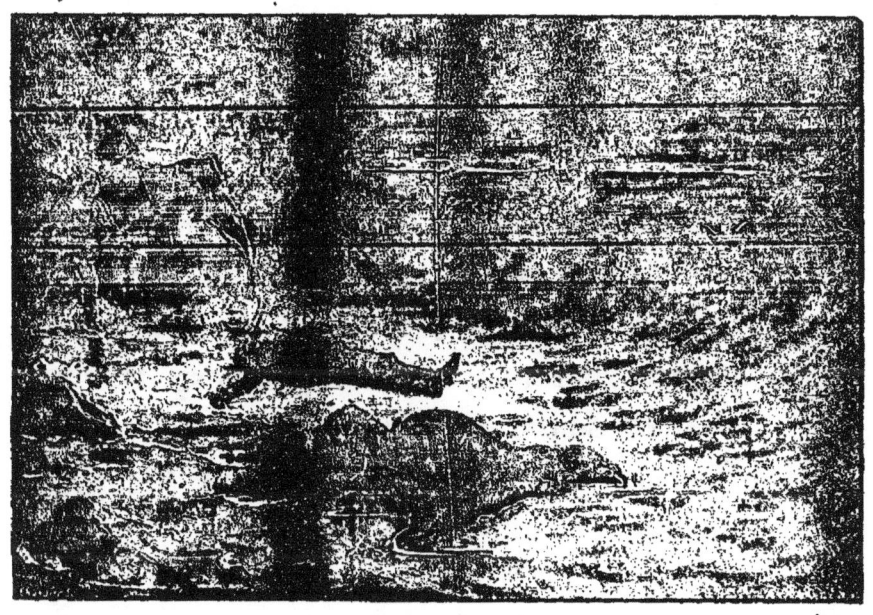

Il aperçut, se détachant sur le sable blanc, deux corps
que le flot roulait.

corsage pour donner de l'air, et cela lui semblait une profanation !... Son hésitation allait croissant. Enfin, refoulant ses scrupules, d'une main inhabile il déchira le vêtement, mettant à nu la poitrine de la vierge et, se penchant sur ce beau corps inerte, il colla sa bouche sur la bouche aux dents serrées d'Aline, lui insufflant dans les poumons tout l'air dont il disposait. Après quelques tentatives, il s'aperçut que la poitrine se soulevait. Elle n'était donc pas morte! Un instant après, la jeune fille ouvrit les yeux, mais la grande faiblesse les lui fit refermer aussitôt.

A ce moment, l'aspirant blessé, que la syncope avait préservé sans doute de l'asphyxie, reprenait, lui aussi, ses esprits.

— Ma sœur! ma sœur! articula-t-il.

— La voici : elle vit, monsieur Richard! répondit Jeannic rempli de joie.

Comme s'il n'avait attendu que cette affirmation, le jeune homme retomba.

La mer montait, montait toujours, envahissant, petit à petit, le théâtre du drame.

Jeannic, prenant sa grosse tête entre ses mains, réfléchit un instant.

— Mourir pour mourir, pensa-t-il il faut aller jusqu'au bout.

Se levant brusquement, pour la seconde
fois il enleva la jeune fille, et, l'eau sous les
bras, vint la déposer dans la barque. Il ins-
talla de même l'aspirant qui avait de nouveau
perdu connaissance; enfin, il embarqua à
son tour.

Il fallait la merveilleuse adresse du pêcheur
pour triompher de tous les périls accumulés,
sa force herculéenne et son énergie, pour
résister à l'entraînement des vagues écu-
mantes.

Profitant d'une légère accalmie favorable,
Jeannic hissa la voile à mi-mât. La brise carabinée s'engouffra dans la toile, enlevant,
dans une seule embardée, la barque à cent
mètres au large. Pour le moment les brisants
n'étaient plus à craindre; mais, dès lors, ce
fut une lutte de tous les instants pour se
diriger, la proue debout à la lame, éviter
les trombes qui menaçaient à chaque instant
de les écraser. Combien de temps dura ce
combat épique?... Jeannic ne pensait plus...
les yeux fixes, crispé à la barre, il n'avait

plus conscience du temps. Soudain, il lui
sembla distinguer un feu, lequel disparut
aussitôt. Croyant à une hallucination, le pêcheur n'y prit pas garde. Mais un instant
après, coup sur coup, une deuxième, puis
une troisième lumière se présentèrent à sa
vue. Ce n'était plus une vision. Il lui sembla
reconnaître la jetée, puis la grève rocheuse,
où s'agitaient des ombres. Brusquement, tout
s'anéantit dans un choc épouvantable, suivi
d'un craquement sinistre ; le mât rompu
s'abattit, la barque disparut submergée. Jeannic, assommé par la chûte du mât, fut préci-
pité à la mer, roulé par les vagues furieuses...

*
* *

De la grève où l'on veillait, la barque
avait été, au dernier moment, aperçue arri-
vant comme une flèche. Déjà, on apprêtait
les amarres, quand l'embarcation, heurtant
un rocher à fleur d'eau, s'arrêta subitement,
puis s'engloutit.

Par un hasard providentiel, le frère et la sœur, apportés par le flux, furent de suite reconnus. On se précipita : il fallut disputer à la mer en fureur, qui ne voulait pas lâcher sa proie, les deux corps inanimés, que tout de suite, on roula dans des couvertures. Une voiture équipée à la hâte les emporta vers le château. Le vieux commandant, dont la douleur s'éclaira d'un rayon d'espoir, s'éloignait, la suivant, quand il eut un sursaut.

— Et Jeannic! s'écria-t-il, rebroussant chemin. Un groupe s'avançait portant une masse inerte. C'était l'héroïque sauveteur; l'infortuné avait le crâne ouvert. On le plaça, lui aussi, dans le véhicule. Le médecin qui était accouru donna ses soins aux trois noyés. Aline et son frère furent ranimés assez promptement. Quant au pauvre Jeannic, tout fut inutile. La fracture du crâne avait entraîné la mort presque immédiate.

On fit, le lendemain, au pêcheur, de solennelles funérailles. Toute la population eut à cœur de suivre le convoi.

*
* *

Un mois plus tard, la jeune fille et son frère remis de leurs cruelles émotions consacraient leur première sortie par une pieuse visite à la tombe de leur sauveteur, érigée par les soins de M. de Kerlaguen.

Tous les ans, depuis, à l'anniversaire de la date funeste, les pêcheurs se réunissent pour accompagner le vieux curé et ceux du château qui vont en pèlerinage, porter des fleurs sur la tombe de Jeannic le « Paria. »

PHOTO - CANON

PHOTO-CANON

C'est l'inspection trimestrielle à bord de la *Minerve*, en rade de Santiago de Cuba.

La frégate, astiquée de la mâture au fond de la cale, a pris un air de fête, que le grand pavois, hissé tout à l'heure, contribue encore à lui donner.

Le pont *briqué* a blanc, à chaux et sable, semble avoir été raboté à neuf : les rampes des escaliers vernies à sec, les pommes fourbies au clair, étincellent à l'envi. On se mire dans les cuivres des habitacles et les hiloires des panneux. Les gabiers mettent la der-

nière main au *lovage* des *manœuvres* aux pieds
des mâts, tandis que les canonniers donnent
le coup de flon à leurs pièces.

A neuf heures, l'équipage, qui vient de
prendre la tenue n° 1, fait irruption sur le
pont par toutes les ouvertures, au bruit des
clairons et tambours sonnant l'assemblée,
s'aligne à bâbord et à tribord par compagnies.
Les officiers, sauf ceux de service, ont le pantalon à bande d'or et le bicorne. Les quartiers-maîtres et marins sont en chemise de
laine, chapeau de paille avec coiffe, pantalon
de toile.

Le quartier-maître Lahurec se distingue
par la coquetterie de sa tenue : son pantalon
blanc, qu'il a lui-même retaillé, est imma-
culé et porte encore, derrière et devant, les
lignes correctes, symétriques, du pliage. La
chemise de laine est agrémentée de piqûres
non réglementaires, tolérés cependant. Il a
passé à son cou l'amarrage de son sifflet, en
coton tressé de nœuds bizarres et compliqués.
Une rangée de médailles qui tient tout un

côté de la poitrine, en complète l'ornement.
Ce sont : la médaille militaire, deux médailles d'argent, petit et grand module, puis,
celles commémoratives du Tonkin, Madagascar et du Dahomey; enfin, une médaille de
première classe en or, que je ne connais-
sais pas au quartier-maître.

L'appel est terminé. Un roulement de tambours annonce le commencement de l'inspection. L'amiral et l'état-major passent
devant les hommes, s'arrêtant de temps à
autre pour faire une observation, demander
un renseignement, ou écouter les explications des capitaines de compagnies.

Nouvellement embarqué comme fourrier du
détail, je suivais le groupe d'officiers, qui fit
une pause devant Lahurec. Interpellé par
l'amiral, le quartier-maître a vivement porté
la main droite au chapeau.

Se retournant vers le capitaine de pavillon,
commandant, l'amiral interroge :

— Mais, au fait, commandant, il est pro-
posé pour second-maître, votre Lahurec?

— Oui, amiral, trois propositions; il l'est également pour la croix.

— Et, rien de nouveau encore ?

— Rien... Je crois que sa nomination reste accrochée au ministère par quelques bordées non oubliées; la conduite étant maintenant irréprochable, cela ne saurait tarder, hein, Lahurec?

— Je l'espère, mon commandant, répond le quartier-maître.

— Vous m'en ferez souvenir, monsieur de Marquet, afin que je le rappelle à la prochaine occasion, dit l'amiral, en rendant, avant de s'éloigner, son salut au capitaine de la compagnie.

— Je n'y manquerai pas, amiral...

A notre tour nous passions devant Lahurec.

Le maître canonnier fit halte et montrant la médaille d'or, qui se détachait, parmi les autres, sur la vareuse du quartier-maître, me dit :

— Vous ne connaissez pas l'origine de celle-là ?

— ???

— Raconte-lui donc çà, à l'occasion, Lahurec, l'histoire en vaut la peine...

— Quand le fourrier voudra...

Flairant une aventure, je répliquai :

— Le plus tôt possible...

***

A la suite de l'inspection, comme d'usage,
l'aumônier dit la messe dans la batterie.

La cérémonie terminée, on dressa les tables pour le déjeuner, à la suite duquel on
distribua les doubles rations de vin. Puis,
les permissionnaires, dont on fit l'appel, em-
barquèrent tout joyeux dans les chaloupes et
canots.

De quart ce jour-là, je restais à bord. Lahurec était de service également. Je saisis
l'occasion, et rappelai au quartier-maître sa
promesse du matin.

— Tiens, c'est une idée, me répondit-il;
ça va nous faire passer le temps. Espérez un
peu que je donne le coup de sifflet; et, sur
un signe de l'officier qui faisait les cent pas
sur la dunette, Lahurec lança un long coup
de sifflet, suivi de modulations fantaisistes;
puis, se portant à l'ouverture du grand panneau, il cria, d'une voix de stentor, cet avertissement, aussitôt répété dans tous les recoins du bâtiment par les quartiers-maîtres
de mousqueterie!

— Les jeux et les sacs sont permis!

Pendant que les mathurins apportaient
leurs sacs dans la batterie, en étalaient le
contenu avec soin, que d'autres disposaient
le jeu de loto, criant : « Allez! Rallie au
loto, qui veut des cartons! » que d'autres
enfin, déjà installés à la table qu'ils venaient
de monter, préparaient de belles feuilles de
papier fleuri, pour écrire au pays, nous allâ-
mes Lahurec et moi, nous asseoir dans le
sabord voisin du gaillard d'avant

— On peut en griller une, dit-il, en allumant sa pipe à la mèche en combustion, nous ne serons pas dérangés.

Pendant que je roulais une cigarette, il commença :

— J'étais à bord du *Dubourdieu*, quand commencèrent les affaires de Madagascar. On nous expédia là-bas.

Des premiers nous étions à Majunga; ça commençait à chauffer. On *espérait* le général Duchesne et son armée. Toujours sur le qui-vive, *parés* à *appareiller*, j'vous prie d'croire qu'on n's'amusait pas.

J'allais cependant, avec la chaloupe, de temps en temps, faire provision d'eau douce à la rivière que l'on nous avait indiquée, à quelques *encâblures* dans les terres. Comme notre présence avait fait rentrer à l'intérieur tous les indigènes, que, d'ailleurs, les alentours de la baie étaient occupés par de l'infanterie de marine, il n'y avait rien à craindre.

Cependant, pour parer à tout événement la chaloupe était armée en guerre et portait,

23

à l'avant, un canon-revolver « *Hotschkiss* ». Le coffre renfermait une caisse de muni-tions.

Un aspirant nous accompagnait chaque fois ; excellent garçon, très sympathique, il ne nous gêneait pas beaucoup ; ses poches étaient toujours bourrées de cigares, qu'il nous distribuait généreusement.

Pendant que, par tolérance du comman-dant, nous lavions et séchions notre linge, lui s'étendait pour lire à l'ombre d'une voile dressée en tente au moyen de deux avirons.

Cinq ou six fois déjà nous étions allés à terre dans ces conditions, sans que rien d'anormal se soit produit : assurés que nous nous croyions contre toute surprise, nous n'enlevions même pas le *capot* du canon-revolver.

Un jour, l'aspirant, M. Ward, qui est main-tenant lieutenant de vaisseau, me fit ap-peler :

— Lahurec, me dit-il, tu enverras prendre, au poste des aspirants, une caisse que tu

feras porter dans la chaloupe. Vas-y en dou-
ceur, c'est tout mon matériel de photogra-
phie, que je n'ai pas eu le temps de trier.
Veille à ce que l'on ne casse rien : à terre
nous prendrons quelques vues.

Je fis embarquer les objets que je recouvris
d'un tapis.

Un fois rendus, pendant que les hommes
installaient des filières pour faire sécher leurs
frusques, M. Ward tira de la caisse son appareil, et se mit en devoir de le monter. Je
le regardais :

—.Diable ! les sujets ne sont pas variés
ici ; dès que les chaloupiers auront fini, tu
les rallieras, je ferai un groupe de tous, toi
au milieu.

Je prévins les hommes, et nous voilà,
comme bien vous pensez, très contents,
d'avoir comme çà notre portrait, tous ensemble, surtout pour rien.

Le moment venu, je disposai mon monde
à peu près par rang de taille, d'après les in-
dications de l'aspirant. Tout était *paré* : je

me mis au milieu et nous voilà, fixant tous le voile noir, sous lequel M. Ward se dérobait pour mettre au point, attendant le signal. Tonnerre! nous aurions mieux fait d'ouvrir l'œil autour de nous. Ah! malheur de malheur! Quand je pense que nous n'avions même pas mis de factionnaire pour *veiller au grain !*...

Tout d'un coup, sans que personne de nous ait rien vu venir, rien entendu, nous voilà cernés en bloc par de grands diables noirs qui bondissaient en hurlant; on aurait dit, tellement ce fut subit, qu'ils sortaient de terre. Avant que nous ayons pu nous mettre sur la défensive, ahuris, nous étions appréhendés, ficelés comme des... saucissons (j'allais dire andouilles).

Sans avoir pu dire ouf! nous étions jetés en *pagaille* dans la chaloupe, qu'une dizaine de moricauds se mirent à hâler de la rive, au moyen de filin, pour nous faire remonter dans l'intérieur.

Nous étions prisonniers   Je vous laisse

penser si nous étions en rage de nous être
laissés surprendre aussi bêtement. Le malheureux M. Ward, sur qui retombait toute
la responsabilité, pleurait à côté de moi; il
voulait me faire jurer que, dès que j'aurais

les mains libres et une arme en mon pouvoir,
je lui brûlerais la cervelle. Pour calmer son
exaltation, je lui promis tout ce qu'il voulut,
bien décidé, d'ailleurs, à ne rien tenir de ce
que j'avançais.

Je cherchai à lui faire comprendre que

23.

puisque nous n'avions pas été escoffiés sur le coup, c'est que l'on voulait tirer parti de cette capture. (Je sus plus tard en effet que l'on voulait nous garder comme otages.)

* *
* *

Combien de temps restâmes-nous ligottés ainsi ?... La lassitude que nous causait notre gênante position, les meurtrissures de nos membres, avaient amené la fièvre, qui nous faisait perdre la notion des choses.

Nous tombions dans un lourd sommeil dont nous sortions brusquement, réveillés en sursaut, sans pouvoir nous rendre compte du temps qu'il avait duré : peut-être plusieurs heures... ou bien... cinq minutes !

Enfin, la chaloupe s'arrêta : nous sentîmes qu'on la fixait solidement à des pieux enfoncés au rivage, où, déjà, deux ou trois pirogues étaient amarrées. On défit les ligatures de nos jambes ; un à un on nous fit descendre à terre.

Les membres engourdis refusaient de nous porter : avec cela, nous n'avions rien pris depuis notre départ du bord, ce qui n'était pas pour nous donner des forces, aussi nous faisions piteuse mine.

Moi qui en ai vu bien d'autres sans jamais désespérer, je sentis qu'il fallait relever le courage de nos hommes, et je leur dis assez haut pour être entendu de tous :

— Allons ! Allons, les enfants ! C'est pas l'moment d'perdre la boussole. Tant que tués et blessés, y a personne de mort...

Puisque nous ne sommes pas déjà *estourbis*, c'est qu'on tient à nous conserver. Du courage ! Il se trouvera peut-être une occasion de sortir de ce pétrin. En tout cas, pas de faiblesses ; s'il faut *avaler sa gaffe*, à tout prendre, montrons au moins à ces mal blanchis, que les marins français ne sont pas des femmes et que...

Un formidable coup de matraque, qui s'abat-

tit sur mon crâne, me coupa la chique. Sur
le moment, je vis mille chandelles et crus
que j'allais tourner de l'œil. A force de volonté, je repris cependant mon aplomb et
réussis à distinguer à travers le brouillard
qui me couvrait la vue, un grand escogriffe
de Malgache qui me regardait férocement
menaçant, le gourdin levé, prêt à recommencer. Je me le tins pour dit, mais je pen-
sai : « Toi, mon *lascar*, si jamais, j'te mets
le *grappin d'sus*, gare les jambes, ton affaire
est claire, *espère* un peu... »

On nous mena dans une case spacieuse
où quelques nattes avaient été préparées
sur lesquelles on nous fit signe de nous
allonger. En commençant par l'aspirant, on
nous délia les mains ; ensuite on fit circuler
une espèce de gargoulette contenant de l'eau
fraîche, dont chacun prit une large lampée,
et qui nous parut délicieuse. Puis un vieux
apporta à M. Ward une écuelle de riz où
nageaient quelques morceaux de *bidoche;*
chose étrange et qui m'étonna fort, ce vieux

écorchait le français, car dans son baragouin je distinguai nettement ces mots : « *Mangir ! mangir !* »

Et comme l'aspirant, hésitant, le regardait d'un air hébété :

— Mangez toujours, mon lieut'nant, que j'dis, c'est toujours çà d'pris ; il n'faut pas s'laisser abattre ; c'est à vous de donner l'exemple...

J'amarrai ma langue aussitôt, car le grand diable à la matraque venait de se rapprocher de moi en roulant des yeux furibonds.

Malgré la fadeur du plat du jour, nous fîmes honneur à ce repas ; il apaisa la fringale qui nous creusait l'estomac.

La nuit se passa sans *avaro*. Au matin on nous fit sortir, après toutefois nous avoir ligaturés les uns aux autres. Au bout d'une heure de promenade, on nous fit réintégrer notre domicile. Quelques jours se passèrent ainsi ; malgré l'ennui que nous éprouvions, la confiance renaissait ; chaque fois du reste que j'en trouvai l'occasion, je ne manquai

pas d'exhorter les hommes à la patience, de
relever leur courage, autant toutefois que
notre garde chiourme voulut bien le permettre, car cet animal-là me r'luquait tout
le temps, comme s'il eût voulu m'avaler.

Le vieux qui avait l'air d'un curé, ou d'un
chef, était venu à différentes reprises nous
rendre visite. M. Ward a qui il s'adressait de
préférence, avait su démêler dans son jar-
gon l'explication qu'il lui avait donnée de
son semblant de connaissance de notre
langue : il avait été autrefois au service
d'un missionnaire français. C'est lui aussi
qui laissa entendre à l'aspirant, que l'on
nous gardait comme otages ; il l'informa en
même temps qu'à la moindre tentative d'éva-
sion on nous massacrerait sans pitié.

Les jours qui s'écoulaient et paraissaient
si longs, nous donnaient cependant l'espoir
que du *Dubourdieu*, d'où l'on ne pouvait man-
quer de faire des recherches, on aurait le
temps de nous découvrir. Alors, gare la
bombe, au premier signal nous serions prêts

à seconder de toutes nos forces nos libéra-
teurs.

*
* *

Un matin que nous terminions notre sortie
monotone, je remarquai qu'on avait débarqué
un tas de choses de la chaloupe. Les avirons,
d'abord mis en tas, avaient été rentrés dans
une case voisine de la nôtre, de même que
la caisse contenant tout le *fourbi* de l'aspirant : fait digne de remarque, son appareil,
encore tout monté, était resté intact.

Le vieux que nous appelions déjà le curé,
étala sous nos yeux des portraits et clichés
qu'il avait trouvés dans la caisse et avaient
excité sa curiosité. M. Ward essaya de lui
faire comprendre que ces photographies pro-
venaient de l'appareil, ce qui amena sur ses
lèvres un sourire d'incrédulité. L'aspirant
lui proposa de faire son portrait : Tout d'abord
il refusa ; finalement il se laissa tenter. Après

maints pourparlers, il fut convenu qu'on ferait un groupe des gros bonnets du campe-
ment.

Par bonheur on n'avait pas touché aux
boîtes contenant les plaques sensibles. Dès
le lendemain, M. Ward braquait son appareil sur une douzaine de moricauds qui
s'étaient parés pour la circonstance de toutes
sortes de gris-gris et amulettes baroques.

Quand ils virent l'opérateur, qui s'était
éloigné un peu de l'appareil, lever le bras
pour recommander l'immobilité, voilà mes
lascars, calmes jusque-là, qui sont pris d'une
terreur folle et décampent à toutes jambes...

Ah! c'que nous avons rigolé; ils démar-
raient, fallait voir. On aurait dit qu'ils avaient
le feu quelque part.

Il fallut que moi et les collègues, pour
leur prouver qu'il n'y avait aucune sorcellerie
là-dedans, vinssions poser devant l'objectif
tout ligottés que nous étions.

Une case obscure dont on boucha toutes
les fissures permit à M. Ward de préparer sa

cuisine. Il travailla consciencieusement, car le lendemain les indigènes jetaient des cris d'admiration au fur et à mesure que l'aspirant retirait les épreuves des châssis, pour les plonger dans le bain fixateur.

***

Cette frousse intempestive m'avait donné une idée ; je la communiquai à notre chef qui l'approuva. Dès que j'en trouvai l'occasion, je dis à l'ancien domestique du missionnaire :

« — Moi aussi j'ai un instrument pour faire des portraits, mais ils sont grands... comme ça, et je montrais la longueur de mon bras ; je pourrais même faire tous les guerriers d'un seul coup ; cela ferait un tableau... comme çà... et j'étendais les deux bras en croix.

Émerveillé, il fut trouver M. Ward qui lui confirma la chose. La proposition soumise

aux chefs, rassurés maintenant, les enthou-
siasma. On convint pour le lendemain.

Je mis quelques marins au courant; les
autres furent avertis de se tenir prêts à tout
événement.

A l'heure dite, ainsi que je l'avais demandé,
on m'enleva mes ligatures, ainsi que celles
des quatre hommes que j'avais réclamés pour
me donner un coup de main.

Je me fis conduire à la chaloupe, toujours
embossée dans une petite crique. A nous cinq
nous eûmes tôt fait de déboulonner la colonne supportant le canon-revolver... car
vous avez deviné, c'était là ce que j'appelais
mon appareil... En trois voyages, le tout fut
rendu à l'endroit choisi où les noirs com-
mençaient à se rassembler.

Les hommes, au courant maintenant,
étaient ravis de mon idée, bien décidés à
vendre chèrement leur vie, au cas où mon
projet viendrait à rater : nous jouions le tout
pour le tout; il n'y avait plus à reculer.

En un tour de main le « *Hotschkiss* » fut

fixé à un tronc d'arbre, scié à ras de terre,
qui servait de billot. La disposition du groupe
me prit un peu de temps. Par un juste retour
des choses, non sans une grande satisfaction intérieure, je plaçai notre gardien (celui
qui donnait de si bons coups de matraque)
bien en vue, au premier rang. Nous avions
apporté en guise de clichés, la petite caisse
de fer contenant les projectiles. Le cœur me
sautait dans la poitrine, et je tremblais bien
un peu en enlevant le capot de toile gou-
dronnée qui recouvrait le canon. Je le rem-
plaçai en partie par un morceau de toile à
voile, afin que le luisant des canons d'acier
n'effrayât pas les indigènes. Tout était prêt.

— Ça y est, les enfants, allons-y gaiement :
c'est la mort ou la délivrance...

Dissimulé par la toile, je mis à mon épaule
la crosse du *moulin à café* (1).

Je pointai au beau milieu, prenant pour

(1) On désigne ainsi, à bord des bâtiments, le canon-
revolver, à cause de la manivelle qui se meut comme celle
d'un moulin à café.

but l'homme au gourdin qui se redressait fièrement... Je saisis la manivelle, pendant que mon brigadier, Derrien, enfournait les projectiles dans l'entonnoir.

Boum! boum! boum!... Ah! mes amis, quelle marmelade! Le premier coup râfla toute une rangée de Malgaches. Notre garde chiourme fit une de ces galipettes... Malheur, quel saut!...

La plupart stupéfaits, ahuris, ne comprenant pas encore, restaient là sur place, pétrifiés.

Et boum! boum! boum! je tournais toujours la manivelle, et le moulin crachait... Alors seulement, ceux qui restaient, voyant les autres fauchés par douzaines, se rendirent compte enfin. Ce fut une de ces paniques... ils faisaient des bonds de panthères, en hurlant de terreur, tombant, se relevant pour fuir de nouveau...

Je leur envoyai encore quelques pruneaux, puis, faute de but, le feu cessa.

— Leste, les enfants à la case, dis-je alors.

Ça y est, les enfants, allons-y gaiement : c'est la mort
ou la délivrance...

24.

Reste-là, toi, Derrien, au canon, rengaîne tout
çà, paré à enlever.

En un clin d'œil, les chaloupiers délivrés
de leurs amarrages, couraient à la case où
nous avions reluqué les avirons. Elle fut
dévalisée en un instant. Quatre hommes enlevèrent le canon et son support sur les
avirons disposés en civière. Deux autres se
chargèrent de la caisse aux projectiles.
M. Ward fermant la marche, nous courûmes à
la chaloupe. On coupa les amarres, et cinq
minutes après, ravi de sentir de nouveau
entre mes genoux la barre de mon embarcation, je criais :

— Avant partout ! vive la France !

Et tous répétèrent : « Vive la France! »

Puis, personne, ne dit plus mot. On sou-
quait ferme, je vous en réponds ; il fallait
voir cette ardeur.

On nagea ainsi avec douze avirons : quatre
se relayant d'heure en heure, pendant toute
la journée.

Le soir tombait ; je m'inquiétais déjà comment nous allions nous installer pour la nuit, quand un coup de feu tiré tout près nous fit sursauter.

— Ho de la chaloupe! articula aussitôt une grosse voix que je reconnus pour celle du maître de timonerie.

— Amis! France! *Dubourdieu !* hurlai-je radieux.

— Lève rames! commandai-je.

Un coup de barre changea la marche de l'embarcation, qui accosta doucement.

Aussitôt déboucha sur la rive une escouade commandée effectivement par le chef timonier.

L'aspirant et moi nous débarquâmes. Tout de suite on tomba dans les bras les uns des autres.

Nous apprîmes que l'amiral, las de faire battre le pays par de simples patrouilles, avait envoyé à terre la compagnie de débarquement tout entière, avec ordre à son commandant de ne rentrer qu'avec nous, morts ou vifs. La compagnie était là campée tout près.

Parons au plus pressé, dis-je alors ; nos pet.tes provisions sont épuisées, nous mourons de faim.

L'escouade nous distribua provisoirement ce qu'elle avait de vivres, que nous fîmes disparaître en un instant. Déjà on arrivait au-devant de nous. Le lieutenant de vaisseau Louet, commandant la compagnie de débarquement, que l'un des hommes était allé prévenir, arrivait en tête d'une dizaine de seconds maîtres et quartiers-maîtres.

Nouvelles embrassades, poignées de mains, cela n'en finissait plus : tout le monde nous questionnait à la fois. Je dus raconter tout au long notre aventure. J'eus un succès, je n'vous dit qu'ça...

Le lendemain matin, tout le monde regagna le croiseur. Je tins à rentrer dans ma chaloupe, à l'arrière de laquelle j'arborai le plus grand des pavillons disponibles.

Et ce fut du délire, à bord, quand les longues vues des timoniers nous eurent signalés.

Quelle rentrée! ce serait par trop long à raconter. Vous dire ce que je fus choyé!.. Pendant quatre ou cinq jours je mangeai aux différentes tables du bord, en commençant par celle des premiers maîtres, pour continuer par celle des aspirants, puis au carré des officiers.

Je fus aussi mandé chez l'amiral, qui me félicita et m'annonça qu'il allait demander pour moi une récompense au ministre.

J'étais honteux, moi, à la fin, de tant d'éloges et ne cessais de répéter :

— C'est pas plus malin qu'ça; le premier calfât venu en aurait fait tout autant; fallait y penser et se débrouiller, voilà tout.

De là ma médaille d'or : 1re classe, s. v. p., dont je suis fier; elle me rappelle le bon tour joué aux Malgaches et la dernière galipette de notre gardien...

... Mais c'est pas tout ça, j'crois qu'il est l'heure de faire ramasser les sacs, je vous quitte...

Et le quartier-maître s'esquiva pour donner le coup de sifflet voulu, me laissant sous l'impression admirative de la façon modeste et bon enfant avec laquelle il envisageait les choses : tout simplement il appelait çà « se débrouiller ».

* * *

· Ils sont légion dans la flotte les gaillards de cette trempe, héros ignorés, poussant quelquefois le dévouement et l'amour du drapeau jusqu'au sublime, réalisant sans forfanterie la belle devise inscrite en lettres d'or au fronton d'arrière de leurs navires :

« HONNEUR, PATRIE. »

NOËL DE CONTREBANDIER

NOËL DE CONTREBANDIER

— No m'échauffe pas les oreilles avec ta graine de *gabelou*. Je t'ai déjà dit que ce mariage ne m'allait pas; et, tu le sais, quand ça m'est entré dans la cabouche...

— Mais, père, qu'as-tu donc à lui reprocher? Je l'aime, moi... et...

— Bon, bon! ce ne sont pas les maris qui manquent : tu n'auras que l'embarras du choix.

— Je tiens de toi, père; quand mon idée est là, elle n'est pas ailleurs. Donc, je te déclare que j'épouserai Robert... malgré....

tout, ou bien alors, je ne me marierai
pas !

— Ta, ta, ta ! Le vent *virera*, ma fille, tu
reviendras du lof. Il n'a d'ailleurs rien de
particulier, ton Rrr...obert ! Est-ce parce qu'il
a un commandement c't'année ? C'est une
gentille position, je n'dis pas, il est tra-
vailleur, j'en conviens ; mais enfin, n'y a pas
qu'lui. Ça m'révolte d't'entendre toujours
prendre le parti de gens qui ne cherchent
qu'à me nuire, me traitent presque en *paria*,
parce que la chance ne m'a pas toujours
souri : *Navigue-t-il assez dans mon sillage*,
ce vieux *caïman* de Durier, le père de ton
amoureux ? Il se figure, probablement parce
qu'il vient d'être nommé brigadier, qu'il est
le plus malin des douaniers de la station.
N'empêche qu'on lui en passe sous le nez...
va, et qu'on lui en passera encore...

— Oh ! père, prends garde, si tu étais
pris !...

— Moi, pris ! Mais alors, c'est que j'aurais
été dénoncé (Il eut un regard farouche)...

Malheur à celui-là... Je ne donnerais pas cher de sa peau, vois-tu; puis se radoucissant : Tiens, laissons cela, et, sois sûre, en tout cas, que ton *groumeur* de père n'a en vue que ton bonheur.

Très émue, la jeune fille se jeta au cou du marin, renonçant, pour cette fois, à combattre son obstination.

**

Pierre Revert, qui passe à juste titre pour un des meilleurs marins de Granville, possède un *côtre* qu'il mène lui-même, aidé d'un seul matelot.

Le *Zéphyr* fait les voyages des îles Chausey et Jersey, pour y porter des chargements variés : cidre, provisions; il en rapporte du suif, du granit, des étoffes, qu'il va décharger tantôt à Granville, tantôt à Saint-Malo ou Cancale. Dans la belle saison, il promène, d'un pays à l'autre, les baigneurs désireux de faire une excursion en mer. En

plus de ce commerce au grand jour, connu
de tous, Revert en exerce un autre qu'il dis-
simule soigneusement à tous les yeux. Il fait
la contrebande : chaque fois que le *Zéphyr*
va à Jersey et ne ramène pas de passagers, sa
cale est toujours bourrée, outre les marchandises déclarées, de paniers bien ficelés, bien
emballés, contenant de la vaisselle anglaise,
porcelaine ou faïence, mordorée, inaltérable,
sous forme de vases de toutes sortes, tellement empaillés qu'ils ne craignent pour ainsi
dire, aucun choc.

Presque toujours, au même endroit, par le
travers de la tour du « Loup », en vue du
phare, les deux hommes laissent tomber, un
à un, les paniers à la mer, et ce, sans bruit,
sans témoins, car ils s'arrangent toujours
pour rentrer après le coucher du soleil, souvent en pleine nuit.

La visite des douaniers à bord, dès la rentrée au port, est toujours infructueuse, ce
qui n'empêche pas Revert d'aller, la même
nuit, accompagné de son matelot, munis

d'une *bichette* (1), à marée basse, draguer le
sable et en retirer les paniers qu'ils ont im-

mcrgés il y a quelques heures. Mutuelle-

(1) Grand filet demi-circulaire muni d'un long manche,
qui sert d'ordinaire à pêcher la crevette.

-     26.

ment, ils s'aident à se les charger sur le dos, faisant souvent plusieurs voyages.

Le *Zéphyr* entre bien aussi de la dentelle très fine dissimulée dans les *ralingues* des voiles disposés *ad hoc*, mais c'est en petite quantité.

.*.

Il a eu des malheurs, Pierre Revert. Déjà deux de ses bateaux, quand il faisait le *chalut*, lui ont coulé sous les pieds, chaque fois, il a sauvé sa peau; mais, dans ces naufrages successifs, il a vu ses petites économies disparaître.

En outre, pendant quatre ans, Marie-Rose, sa compagne, a été clouée au lit par une cruelle maladie. Malgré les bons soins qui ne lui manquèrent jamais, et le dévouement de sa petite Jenny, la pauvre femme a succombé. Alors, il avait dû commencer à régler un tas de dettes accumulées qu'il ne soupçonnait même pas.

Comme il ne s'exécutait pas assez vite au gré de certains créanciers, des huissiers l'avaient poursuivi à outrance. Ce n'était qu'à force de privations inouies qu'il s'en était tiré, la rage au cœur, confondant dans une même haine indéfinie, les huissiers, les avocats, et tous les fonctionnaires en général. Puis cette idée, surgie un jour de grand besoin, lui était venue de faire la fraude, il l'avait mise à exécution. Depuis, il avait continué, n'ayant aucun scrupule, considérant, au contraire, le procédé très naturel, et, par suite, les bénéfices qu'il en retirait comme un remboursement légal.

Tout en nargant parfois les douaniers qu'il déteste, il les craint et s'en défie, car il se doute bien qu'ils ont l'œil sur lui et qu'un jour ou l'autre, ils pourraient lui tomber dessus. Aussi, lorsque leur brigadier Durier est venu avec son fils Robert, capitaine au cabotage, lui demander la main de sa fille, se sont-ils buttés, l'un et l'autre, devant une volonté inflexible, exprimant un refus cor-

rect, sans cependant deviner le véritable
motif de cette fin de non recevoir.

Mais Robert, passionnément épris de la
jeune fille, et qui vient d'être nommé au
commandement d'un navire pour la pêche à
Terre-Neuve, n'a pas voulu partir ainsi. Dans
une dernière entrevue qu'il provoque, devant
le Christ du Calvaire, Jenny lui jure de
n'être jamais qu'à lui; il emporte sa promesse, et cela lui a mis du baume au cœur;
il espère bien que le temps et le hasard unis
à la fermeté de la jeune fille, viendront à
bout de l'entêtement inexplicable (pour lui)
du loup de mer.

De son côté, le brigadier a été très vexé de
ce refus, car c'était à son point de vue, un
grand honneur qu'il faisait à Revert, de lui
demander sa fille; aussi, exaspéré du chagrin fait à son fils, et de l'humiliation qu'il a
ressentie, s'est-il bien promis de se venger.

— Ah! mon gaillard, grogne-t-il, tu fais
des manières. On t'en donnera des *cap'taines!*

Dans une dernière entrevue qu'il provoque, devant le christ,
Jenny lui jure de n'être jamais qu'à lui.

« Mâtin, lui faudrait peut-être un amiral
pour sa petite ! *Espère* un peu, nous allons
nous mettre à ta *remorque*, te surveiller de
près, *Gare la grêle*, si tu ne *files pas ton nœud
droit*. A la moindre *embardée*, j'te mets le
grappin dessus ! »

Quelques bruits couraient bien sur le
compte de Revert, relatifs à la marchandise
qu'on le soupçonnait de passer en fraude.
Cependant, jusqu'à présent, il n'y avait rien
de prouvé : ce n'étaient que des « on-dit » ;
il fallait voir.

Le brigadier, dès lors, n'eut plus un instant de repos. A terre, il épia les pas et démarches du patron du *Zéphyr*, s'enquit des
gens en relations avec lui ; en mer, il sur-
veilla les allées et venues du bateau. Après
un examen rigoureux, il acquit la certitude
qu'il se passait quelque chose d'insolite. Il
n'en dormit plus.

Entr'autres circonstances qui lui avaient
paru singulières, les marées de nuit que

Revert faisait avec son matelot l'avaient frappé.

« Libre à chacun de pêcher la nuit, ruminait-il; mais où passe le poisson qu'ils prennent, puisqu'on ne leur en voit jamais vendre. »

En outre: ces excursions nocturnes s'effectuaient toujours à la suite de l'un des voyages du *Zéphyr* à Jersey. Pourquoi ? Il y avait du louche là-dedans.

Enfin, une nuit qu'il s'était dissimulé dans un creux de rocher, presque au sommet de la montagne, pour guetter les deux hommes, qu'il savait devoir revenir de la grève, il entendit le patron, qui reprenait haleine un instant, dire à son compagnon :

— *Ouvre l'œil au bossoir*, Jean-Marie, le vieux Durier est en *chasse* peut-être sur notre piste. J'ai cru m'apercevoir qu'il rôdait bien souvent dans nos parages !

— N'y aurait rien d'étonnant à ce qu'il ait *mis le cap* sur nous, maît' Pierre; ça l'a *chaviré* que vous lui refusiez votre fille; il a

dû être furieusement vexé le vieux *ca-
chalot*. ,

— Raison *d'pus pour veiller au grain*.
D'ailleurs, tu sais ce que j't'ai dit : Not'
voyage de Noël fait, n i ni, fini. Nous s'rons
tranquilles ; après cette dernière corvée, on
pourra faire le *lézard* dans son lit, au lieu
de s'traîner la nuit, le derrière dans l'eau.

— Ça s'ra pas dommage, car j'suis éreinté.
C'est lourd comme le diable cette sacrée vaisselle...

— Chut ! *amarre ta langue*.

Et les deux hommes, rechargeant leurs
paniers, se remirent en route.

Durier n'avait pas perdu un mot de ce col-
loque : il aurait pu les prendre cette nuit-là,
mais, comme sans être poltron, il ne pouvait
à lui seul arrêter les deux hommes, ne doutant pas que, se voyant pris, ils ne lui fis-
sent passer un vilain quart d'heure, il pré-
féra, maintenant qu'il était fixé, attendre et
frapper un grand coup... un coup de maître.

— Ah ! Ah ! mes *lascars*, nous y voilà donc!

Rira bien qui rira le dernier. Je vais vous préparer un petit Noël de ma façon, mes agneaux; gare la bombe! J'vous fiche mon billet qu'il ne viendra pas par la cheminée celui-là !

.

De cet instant, afin de donner plus de confiance aux contrebandiers, il feignit de ne pas s'en occuper. On ne le vit plus au départ ni à l'arrivée du *Zéphyr* inspecter d'un œil soupçonneux du fin fond de la cale aux pommettes des mâts. Ce relâchement subit, cette insouciance voulue, aurait dû donner l'éveil aux fraudeurs, mais l'impunité fait parfois oublier aux coupables les plus élémentaires précautions.

Noël arrivait : comme tous les ans, dans la semaine qui précédait, par le vapeur qui fait le service, par tous les bateaux disponibles, on transportait d'énormes quantités de *gui* pour les fêtes de « *Christmas* » aux

Îles anglaises. Le *Zéphyr* en eut pour sa part un chargement complet pour Jersey.

La veille de la fête, dans la nuit de Noël, à l'heure bénie où les tout petits s'endorment confiants dans la venue de « l'enfant Jésus », il revenait de l'île et gouvernait pour contourner le « Loup » en vue de la jetée.

Tout à la manœuvre, Revert ne remarquait pas un petit bateau se dirigeant vers lui, qui semblait aussi chercher sa route; même, par une fausse manœuvre, sans doute, il vint presque raser le beaupré du *Zéphyr*. Revert et son matelot étaient déjà occupés à se débarrasser de la cargaison non déclarée; le premier panier venait d'être glissé par dessus bord.

— File l'*écoute*, Jean-Marie, ou ces collégiens-là vont nous *accoster*. Quel est donc le *mousse* qui conduit cette barque ?

Mais, soudain, ses yeux s'agrandirent, devinrent fixes; il venait de reconnaître Durier et ses hommes ! Un coup de barre à propos aurait pu, à ce moment, le mettre hors de portée; cette pensée ne lui vint pas, maintenant il était trop tard. Du canot, on venait de lancer une amarre sur l'avant du *Zéphyr*, et avant qu'il eût pu prendre un parti, les douaniers et leur brigadier étaient montés à bord.

Il eut l'idée folle de piquer droit dans la tour du « Loup » pour s'y briser; mais comme s'il avait deviné cette intention, Durier sautait sur la barre et commandait :

— Emparez-vous de cet homme !

Deux douaniers le maintinrent malgré ses efforts.

Dix minutes après, le *Zéphyr* accostait à quai, amarré aussitôt par les *gabelous* au grand étonnement de quelques marins qui venaient, eux aussi, de rentrer leurs bateaux au port, et s'apprêtaient à regagner leurs demeures.

Il faisait presque jour quand le directeur des douanes prévenu, arriva avec son second. La prise était importante. On fit l'inventaire des marchandises : la feuille de chargement

ne faisait aucune mention des paniers de
vaisselle, pas plus que des quelques ballots
de dentelles que l'on n'avait pas eu le temps
de dissimuler.

Dans la matinée, la mer s'étant retirée, on
fut recueillir le panier que l'on avait vu
jeter; il était enfoui dans la vase, intact.

Revert, atterré, ne pouvait pas nier l'évidence; il n'essaya pas, du reste; abattu, puis
désespéré, il donna même tous les rensei-
gnements détaillés qu'on lui demanda. On le
laissa en liberté grâce à ses bons antécé-
dents; il dut cependant se tenir à la disposition du procureur de la République. Le pro-
cès s'instruisit et marcha rapidement : le
flagrant délit était constant; les aveux du
délinquant, la perquisition pratiquée chez
lui, avaient, d'ailleurs, surabondamment
prouvé que depuis longtemps il trompait le
fisc.

Le chargement et le bateau avaient été con-
fisqués.

Le brigadier Durier était radieux; il avait

reçu force compliments de ses chefs pour la
façon dont il avait conduit cette affaire. De

Et avant qu'il eût pu prendre un parti, les douaniers
et leur brigadier étaient montés à bord.

plus, il avait droit à une bonne part du montant de la prise effectuée, grâce à sa vigi-

26.

lance et sa sagacité. Il tenait enfin sa vengeance !

Maître Pierre, lui, était au désespoir. Cette
fois, c'était bien fini; il ne lui restait rien.
Quelle fatalité s'acharnait donc ainsi à sa vie
pour déjouer tous ses projets, les faire
échouer, encore cette fois, au moment où il
allait toucher le but; car ce chargement, le
plus considérable, ce devait être le dernier.
Il s'était bien promis de ne pas s'exposer
inutilement, maintenant qu'il se sentait,
comme il disait : *au vent de sa bouée*, et
voilà que tous ses beaux rêves étaient anéan-
antis, les mauvais jours allaient revenir avec
leurs angoisses... il allait retomber plus
gueux qu'il ne s'était jamais trouvé. Il se
vieillissait. Que faire à présent ?... L'idée
d'en finir une bonne foi le hanta; il s'y arrêta complaisamment. Parbleu, c'était cela :
il irait chercher le repos et l'oubli sous ces
flots bleus qui tant de fois avaient été les
témoins muets de ses joies et de ses dou-
leurs. Il... mais l'image de Jenny, sa fille,

se dressa devant lui. Que deviendrait-elle, la pauvre enfant, seule, sans appui, ni secours d'aucune sorte... Des rages le prenaient; c'était ce maudit *gabelou* de Durier qui était cause de tout cela. Oh! le monstre! s'il le tenait! Malheur! Quelle satisfaction de lui faire expier en une seule fois toutes les tortures qu'il lui faisait endurer.

Il eut une explosion de joie malsaine quand le bruit se répandit que le brigadier qui faisait une ronde de nuit, ayant voulu prendre un raccourci, était dégringolé du haut de la falaise, la terre ayant manqué sous ses pieds; on l'avait rapporté chez lui presque mort. Pierre vit là, avec la croyance innée au surnaturel que possèdent tous les marins, une punition du ciel; ce lui fut presque un soulagement dans sa détresse. Le jugement devait être rendu ce jour-là et la peine de deux mille francs d'amende et aux frais à laquelle il s'entendit condamner le soir, lui sembla moins amère.

Encore avait-il fallu que son avocat rappelât, à l'audience, pour lui éviter la prison, les actions d'éclat accomplies, ainsi qu'en témoignaient les nombreuses médailles qui ornaient la poitrine de son client. Il était prévenu : une récidive et il ne l'échapperait pas.

On lui donna quinze jours pour s'acquitter; ce délai passé, on procéderait au recouvrement des sommes dues « par toutes les voies de droit. »

Comme toujours, les amis, ou prétendus tels, se dérobèrent à ce moment critique; il ne put rien trouver à emprunter. Quand il disait, avant l'affaire, qu'il était *au vent de sa bouée*, il entendait que la maison et le bateau payés, il allait enfin pouvoir mettre de côté quelques billets de cent francs qui serviraient de dot à sa fille, et voilà que ce petit bien amassé au prix de tant de fatigues et de sueurs, de nuits passées en mer ou dans les grèves par les plus gros temps, allait être vendu aux enchères publiques! Rebuté de toutes parts, il se laissait aller au gré de la destinée.

La vente était fixée au samedi suivant. Le jeudi qui la précéda, le brigadier Durier mourut des suites de sa chute.

Le *Nod-Coven*, que commandait son fils, venait de terminer sa campagne à Terre-Neuve et d'*atterrir* à Bordeaux où il devait livrer sa cargaison de morue. Robert y trouva une dépêche lui annonçant la fatale nouvelle. Il prit le train aussitôt, laissant le commandement à son second et arriva juste à temps pour accompagner la dépouille mortelle de son père à sa dernière demeure. Cet accident tragique, ce dénouement si brusque avaient bouleversé le jeune capitaine. Les obsèques terminées, il tint à se mettre au courant des faits qui avaient précédé cette mort prématurée. C'est ainsi qu'il apprit la confiscation du *Zéphyr*, la condamnation de Revert, enfin la vente imminente du bateau et de la maisonnette.

Son parti fut vite pris; sans tarder, il se rendit chez un homme d'affaires.

Et le lendemain, les flâneurs et les intéressés qui assistaient à la vente, furent surpris de voir Mᵉ Lachouette, l'huissier du pays, mettre une surenchère sur la maison, puis sur le bateau. Le tout fut adjugé un bon prix. Pour le compte de qui agissait-il donc ? On cherchait, d'autant plus que les divers patrons, camarades de Revert, s'étaient entendus pour racheter tout au moins le *Zéphyr*, en se cotisant, et le lui rendre ; mais les enchères ayant dépassé, et bien au delà, la somme recueillie, on avait dû abandonner.

* *
*

Le lendemain, le fils du douanier se présentait chez maître Revert et demandait à lui parler. Ce fut la jeune fille qui le reçut ; ils échangèrent une étreinte muette. Jenny voulut le dissuader de voir son père ; mais avec une douce fermeté, il insista.

— C'est notre sort que je viens décider dit-il.

Pierre Revert, qui avait entendu la porte se refermer, fit irruption dans l'apparte-tement.

En apercevant Robert, le fils de celui qui avait causé sa perte, il eut un geste fu-rieux :

— Est-ce donc pour insulter au malheur que tu viens ici, toi ! Que demandes-tu ? Que veux-tu encore ?

Et le loup de mer fronçait les sourcils, ser-rait les poings.

— Reprenez votre calme, maître Pierre, il n'a jamais été dans mon tempérament de railler personne, encore moins ceux que l'ad-versité atteint...

— Brisons-là; cet entretien n'a que trop duré ; va-t'en !... mais va-t'en donc !

— Je me retirerai tout à l'heure, quand je vous aurai exposé le but de ma visite; je vous demande cinq minutes d'attention...

L'air sérieux et décidé du jeune homme fit impression sur le marin, il acquiesça d'un geste.

— Allons, soit, je t'écoute... mais que ça
ne traîne pas !

— Je serai bref ! voici : Pour des raisons
qu'il ne m'a pas été donné de connaître et
encore moins, par conséquent, d'apprécier,
vous m'avez, l'année passée, refusé la main
de votre fille ; vous saviez déjà que nous
nous aimions ; votre décision, qui me brisait
le cœur, avait exaspéré mon père. C'est ce
qui le poussa, sans doute, à vous guetter,
vous surprendre et à accomplir son devoir...
Oh ! ne récriminez point, vous étiez fautif
et il n'a fait, je le répète, *que son devoir*.
Maintenant qu'il n'est plus, je crois en accomplir un autre en venant ici vous dire
loyalement :

« Les prétendus torts que vous reprochez
à mon père, je viens les réparer ; c'est moi
qui suis l'acquéreur de votre maison, du *côtre* le *Zéphyr*, vous n'avez rien perdu, voici
les titres, ils établissent que vous êtes toujours patron-armateur du bateau, propriétaire de la maisonnette ; moi, je suis plus

que jamais épris de votre fille Jenny ; elle partage mes sentiments. Faites des heureux, donnez-la moi ! »

Suffoqué par la surprise que provoquait chez lui cette grande simplicité unie à tant de générosité, maître Revert sentait de grosses larmes lui monter aux yeux. Il se tourna vers sa fille qui le regardait suppliante. Au bout d'un instant, vaincu, il ouvrit ses bras.

— Merci, Robert, prononça-t-il la voix coupée de sanglots qu'il ne cherchait plus à dissimuler ; la fillette, quoique mariée ne me quittera pas, n'est-ce pas, Jenny ? La maison ! J'en aurais peut-être, à la longue, fait mon deuil... ; c'est mon bateau, mon beau *Zéphyr* dont je n'aurais pu supporter la perte... et...

— Alors, vous acceptez, interrogea le jeune homme.

— Si j'accepte... Touche là, tu es un brave cœur... Embrassez-vous mes enfants et soyez heureux.

Les bras des deux jeunes gens s'unirent
ils échangèrent un long baiser : ce fut leurs
fiançailles.

* *
*

Au mois de mars suivant, avant le départ
des navires pour Saint-Pierre et Miquelon,
on célébra le mariage de Pierre et de Jenny.

Au sortir de l'église, la noce passa sur
le quai devant le *Zéphyr* que Jean-Marie
avait entièrement pavoisé pour la circonstance. On s'arrêta un instant à l'admirer.

— Tu sais, père, tu l'as juré, c'est fini, il
ne faut plus qu'il serve à la contrebande, dit
la jeune mariée.

— Soyez tranquilles, mes enfants, j'ai eu
trop peur de le perdre ; si j'savais jamais
m'exposer à me faire repincer, j'aimerais
mieux que l'bon Dieu m'fasse *avaler ma
gaffe* sur l'heure.

TABLE DES MATIÈRES

Lettre-Préface   I

L'Étoile-des-Mers.   1
Le yacht *Mi-Carême*. 29
Un Simple 49
Un caprice de la destinée 71
Un débrouillard 95
Fatalité 117
Le Grand Conseil 141
Médéric le pilote. 159
Fausse alerte. 193
Les économies du quartier-maître Lahurec. 215
Un Paria 229
Photo-Canon 257
Noël de contrebandier. 287

Paris. — Imp. Hemmerlé et Cie, 2, 4 et 4 bis, rue de Damiette

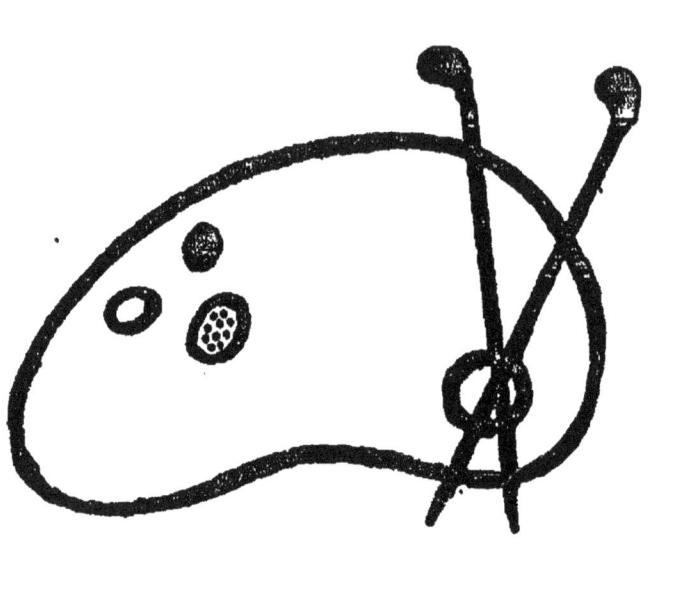